世间一切，
都是遇见

1800万读者
公众号十点读书
十点读书
——
作品

北京联合出版公司
Beijing United Publishing Co.,Ltd.

没遇见你之前，我随遇而安，

遇见你之后，我以你为安。

遇 见 ， 是 最 好 的 开 篇

我做十点读书以后，很多人采访我时，都会问到这样一个问题：你是学机械的，为什么会做互联网工作？

其实，我算得上是互联网资深用户。刚上大学的时候，我在某论坛担任版主，每天的工作就是负责版块里发帖回帖，跟网友互动。与此同时，向站长和其他版主学习如何维护一个论坛，让它们保持活跃度。

毕业以后，我做过一段时间的邮件资讯，每天晚上整理一份新闻和生活等资讯发到订阅用户的邮箱里。再后来，才做了十点读书的微博、微信公众平台，每天早上 7 点醒来，打开手机浏览，一直忙到晚上 11 点关上手机。

但我一直认为，我对互联网的热爱与追求其实是源于二十多年前的那场"遇见"。

那时我还在念小学，家乡县城永定的邮政局里摆着一台多媒体大机器。

说不上为什么，我对这台机器始终有着强烈的好奇。下了课，我背了书包就往邮局冲，在机器前来回踱步。这么多年过去，我犹记得第一次伸手触摸那台机器屏幕的感觉——那一瞬间我仿佛连接到了另外一个奇妙的世界，当下我就觉得这东西太神奇了。而这台大大的机器在后面的若干年里也一直吸引着我。

据说我的老乡王兴也是在同个地方触摸到了那台机器，后来他创办了美团网。

年纪越长，我越发现，世间许多美好的情缘，都源于一场又一场的遇见，它们就像种子一样，慢慢地在我们的生活里发芽，也许会开出一朵小花，也许会结一个果儿。

你十岁那年，隔壁住着一个优秀的警察，你也许会因此更改自己的梦想；你十五岁时学了吉他，五年后可能会让你遇见一个同样喜欢吉他的情人；你二十岁时看过《乔布斯传》，四年后的工作态度大概会和其他同事相去甚远。

长远看来，我们所遇见的一切都是一个个经过包装的礼物。就像二十多年前遇见的那台机器，我一点一点地拆开这个"礼物"，发现里面藏着的珍宝是十点读书。

漫漫五年，十点读书从夫妻创业变成了有三十人团队的大家庭，用户量也增至 1800 万。我们遇见的每一个同事，每一个用户，也都在成就今天的十点读书。是你们，给了十点读书继续前行、不断精进的勇气。

前年八月，十点读书出版了第一本合集《疲惫生活中的英雄梦想》，去年四月，我们出版了第二本合集《愿所有美好如期而至》，这两本书都得到了广大读者的支持，在大家的期待中，第三本书也正式和大家见面了。

这次入选该书的文章来自21位优秀的作者，这些作者一直陪伴着十点读书成长，用他们优美的文章滋润着这个平台。我们将部分文章录制成音频，并配上精美的插画，给大家美好的阅读体验。

在所有的遇见中，找到对的人，对的工作，或者对的书，才是你给自己最好的奢侈品。

希望这些文字也是你生命里美好的遇见。

谢谢你阅读这本书，很高兴遇见你。

2017 年 4 月 23 日于北京

扫一扫二维码，
即可收听主播 BOBO 等为本书录制的文章，
或者在喜马拉雅 APP 中关注"十点读书"收听。

世间一切，
都是遇见

C O N T E N T S

目录

好运
是一种能力

艾小羊

When
We Meet

每个人成功都有他的道理，
迷信运气只会让自己倒退。

　　十年前，L 在一条偏僻的马路旁开了一间小咖啡馆，路旁
边是一些二十世纪五六十年代的红砖建筑，充满异域情调。马
路是双车道，很窄，晚上九点钟就没什么人了。他一个人守店
两年，终于守来了第一批老顾客，才开始请员工。

　　他做出名气以后，也有一些人在他的店附近租房子，开咖
啡馆、小清吧、特色餐厅。

　　然而，这条街的生意一直不温不火，很多店做半年就关门
了。后来忽然来了一个神秘的女人，把那些生意不好的店都高
价收了。

　　第二年，这条街改成了欧式步行街，政府大力宣传，成了
城市名片。周末的时候，街上人来人往。曾经在这条街上开
店，却没有赚到钱的人，看到 L，说你小子运气太好了。

L却说："如果我坚持不了十年，哪有好运？"别人反驳他，那个在改造前一年收了店铺的女人，总是运气好吧？"她一定是知道内幕消息，这也是人家的能力啊。"L说。

我喜欢L，经常去他的店里消磨时光。L是一个完全不相信有运气这回事的人，有时候我都觉得他太极端，跟他争：怎么会没有运气呢，运气就是偶然性啊。如果你当初没把店开在这里，就算坚持二十年，也成不了步行街。

他直着脖子说："开店前的那半年，我骑自行车跑遍了武汉三镇，晒得像非洲人一样，最后才选定了这里，怎么能说是运气呢！"

好吧，我承认你属牛。

虽然觉得L偏执，但还是喜欢跟他一起玩儿。与他相处久了，我也开始相信，好运是一种能力了。

我们身边经常有这样的声音，当某个人做成了一件事，一定有人说：他运气真好。运气，掩盖了很多努力与判断。其实如果你深入了解，不难发现，除了个别天上掉馅饼的特例，大多数时候，我们所说的好运，是慧眼、毅力、自我修为、管理能力的综合表现。

日本《生活手帖》总编辑松浦弥太郎高中肄业去了美国。不到二十岁的无业游民，每天混在书店，慢慢发现了商机，将一些欧美旧书、旧杂志，尤其设计类的专业书，带回日本，卖给有需要的人。慢慢在业界形成口碑。当大家想要一本外文书却找不到的时候，就会想到，找松浦那小子试试，他一定有办法。

二十七岁，他有了自己的书店，以贩卖旧杂志和专业书籍为主。一个高中都没毕业的人，不仅成了书店老板，其后还成为畅销杂志总编辑、畅销书作家、美学大师。不了解他经历的人，一定会说，这个人的运气实在太好了。

他的书，我每一本都看了。他书里经常会写到自己年轻的时候，在美国，吃了上顿没下顿，迷惘无助，不知道明天在哪里。然而，他却没有选择把时间全部放在赚小钱糊口上，而是每天即使只吃一顿饭，也要饿着肚子去书店看书。经年累月地了解书店以及去书店，才让他找到了商机，最后成了一个开书店的人。

他人生光亮明媚的后半程，是在那些浓缩了人类文明的审美与智慧的书籍中萌芽的。一个高中都没毕业的男生，在美国的花花世界中，能够坚持每天以知识为伴，这是他异于常人的能力，也是他后来所谓的好运气的基础。

我做娱记的时候，采访电影导演张艺谋，当时他的《一个都不能少》热映，我说魏敏芝这个贫穷山村的女孩，能成为谋

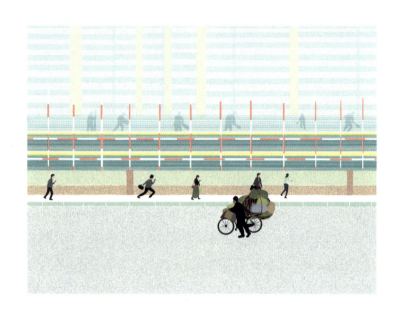

人最大的对手，往往是自己的懒惰。
别指望撞大运，你必须拼尽全力，
才有资格说自己运气不好。

女郎，运气实在太好了，你怎么看待运气在成功中的作用。张导认真想了一下，说："这么多年我见过太多成功的人，他们给我最深的感受是，每个人成功都有他的道理。不成功的人，可能因为运气不太好或者时机还没到；但成功的人，肯定不是靠运气好。"

很少有人会跟与自己境况相差很远的人比较，我们经常比较的就是朋友、熟人。以前跟自己差不多，忽然发达了，所以"他就是运气好"这句话脱口而出。持这种思维的人，很难成功，不是好运总躲着他们，而是他们缺乏理性判断事物、分析自身不足以及他人成功经验的能力。

"运气论"会使他们宽以待己、严以对人——自己的所有失败都以一句"运气差"作结，没有进一步的反思与改进，他们就是那些传说中，在二十多岁就已经死了的人。

除了那些投胎小能手，运气不过是一个脾气古怪的老者，既不曾属于谁，也不曾放过谁。

迷信运气会让我们倒退，因为运气摸不着看不到，太适合做挡箭牌了。它是我们放弃的借口，后退的良药。

如果你迷信运气，就容易抱怨命运。能力是我们可以掌控的，运气则要靠天；你跟天较劲，哪还有勇气去提升自己的能力，等待运气的降临？

我甚至见过这样的人：每天都在盼好运，运气来了根本兜不住。他做了个网站，赶上了互联网红利期，却没有做大，看那些同期出生的网站，拿了风投，很眼红。等做得好的网站都被投得差不多了，就有风投找到了他。那段时间，他意气风发，出入都是有钱人的派头，可惜好景不长，不到一年，钱烧光了，网站还是没做起来。

再见面的时候，他说："我这个人运气就是差，风投拿得太晚了。"

你瞧，相信运气的人，就是这么自信。他们从不觉得自己的能力需要提高，态度需要端正，而是这个世界，永远欠他们一个好运。

究竟什么是运气？它是量变到质变的一个节点。这个节点到来的时间、方式，有很多偶然性。然而，如果你没有能力选择正确的起点、坚持不懈地进行量变的推进，好运永远不会到来。

所以，当你决定仰望星空，谈论运气的时候，先低头看看自己走过的路，有没有踏踏实实地培养自己在某个领域的能力，有足够的积累以及公信力，你的脚印是不是够深够直够平整，能让运气之神在九霄云外依然看到你。

读书可以改变的
那部分命运

_杨熹文

When
We Meet

读书也许改变不了全部的命运，
但我们可以尽力使它成为，
得以改变命运的那个部分。

我站在新西兰文化节的演讲台上，声音有一点颤抖。

我在宣布一个非常重大的事件，那消息经由我面前的话筒，变成振奋人心的一刻：属于新西兰华人的读书会终于成立。而我是会长之一，带着作家的身份。

我的身后是国会议员和文化领事，面前是令我睁不开眼的闪光灯。

我闭上眼睛，真怕睁开眼又回到两年前的景象。

我在新西兰的中餐馆里打工，顶着国内优秀大学毕业生的头衔，人人掠过我的面孔，只关心面前的桌子有没有被我擦得锃亮。我的老板在厨房中尖叫，她总是分不清顾客太多还是员工速度太慢，常常把言语虐待当作习惯，心情不好的时候便会拿工作签证威胁我。

没文化的人最易拿金钱为人贴上阶级的标签，那一年我是最落魄也最沉默的那一个，温和软弱，看起来并不需要被赋予什么过多的关怀，又能承受相当的欺侮。

我在与朋友讲这段经历的时候，心中还颇有感慨："人为什么可以这么冷漠？所有人都没理由地排挤我，逼得我在午休的时候独守休息室的角落，看完一本又一本书，那成为我每日半个小时的逃离。"

直到后来有了些积蓄，不必再去中餐馆用委屈换生存。每当遇到压力，朋友总是说："去度假吧，去逛街吧，不要这么压榨自己了！"

我总是这样回复："不不，给我半个小时读书，那才是我需要的安全。"

有多少孤独的时光，书籍给予我绝对的安全。

去上班的巴士上，午休的桌子前，等车的间歇，或找一处清净的角落……一本书拨开沉重的孤独，让凌晨和午夜，雨天或晴天，都有了各自的美好。

读书先是我的安全，后又成为我的成长。

想起一次家庭聚餐，我那正读高中的表妹曾说过："学习有

有多少孤独的时光，
书籍给予我绝对的安全。

什么用啊？我的同学辍学后去餐馆干活，几个月就当上了经理呢！每个月工资五千块，这不比考个好大学有用得多吗？"

一席话令所有人停下杯箸。

终于有长辈打破平静："读书有什么用呢？读书的用途，就在于让你看到，有些人，可能这辈子就只能赚那五千块了。"

我后来知道，原来超出五千块的那部分，就是读书可以改变的命运。

有过几年艰苦的时刻，在异乡独自打拼，整个人像浮萍一样随处漂泊，心也失去停靠的地方。没有亲人的拥抱没有朋友的安抚，我唯一的坚持，就是读书。无论是行李中带着上路的那一本，还是出租房中消化的那一本，后来它们都成为灵魂中最有价值的沉淀。

几年中读过很多本书，很多阅读都在碎片时间中发生。

还记得在求学时攒下课间时间止渴般飞速翻过几页书，还有在打工结束的夜路中奔回家去一杯咖啡就着一本书的喜悦。我从那些为自己"偷"出来的阅读时光中，读到了托尼和莫琳的坚持，读到了龙应台的温情，读到了欧·亨利的睿智，读到了汪曾祺的真实，读到了卡佛的另类……读到了这世间别处的生活，还有那其中的希望。

现在回想起来，那为阅读去寻找的时光竟是如此的珍贵，令我在几年后读到严歌苓在异国求学时的经历无比动容——她曾因为在巴士上忘情读书而落下为人买的礼物，而我则是因为读到那个精彩的篇章坐过了一站又一站。

《当哈利遇见萨莉》的编剧诺拉·埃夫隆谈起阅读曾俏皮地说："有一种感觉叫'深海眩晕'，它指的是深海潜水员在海底停留太久而不知道海面在哪一个方向的感觉。浮出水面后，他可能会得潜水病，这是一种从高气压环境骤然进入低气压环境而致身体一时无法适应的病症。当我从书的深海回到现实的水面时，也会得这种病。"

很多美妙的想法从阅读中来，我开始重拾写作的梦想，在做餐馆女招待的其他时间，把零碎的想法写在小纸条上面，我那第一篇描述异国生活的文字就从阅读中来。

无论是那几年读的书，还是坚持把两年没日没夜拼搏挣的钱拿去做读文凭的学费，两种读书的形式，都赋予我一定程度的智慧和修养——我的写作事业终于开始。一篇文字变成几篇文字再汇聚成一本书，我不用再做那个手忙脚乱的女招待，我可以成为专心写作的小作者，在艳阳天的沙滩上构思文章。那些年读过的书带我去过另一种人生：我开始看到自己的书出现在畅销书的榜单上，开始接受合集的邀请，开始看到有朋友请我为新书作序，开始听到"杨老师"这样的称呼，开始学习接受新的身份，也开始站在舞台中央、话筒的前面，成为聚光灯下的那个人物……

这是文字所给予我的超越 5000 元的命运。

无法想象若那些日子里没有知识的填补，现在的自己会在过怎样的人生，是否拎着抹布，拖着扫把，在老板的呵斥下小心翼翼，独自咽下委屈……

太多人对成功有种狭隘的认识，以为这只是金钱的另一种说法；然而成功却往往有着超越经济层次的意义：读书是性价比最高的成功之道，使人的物质与精神都渐渐走向丰盈，不再对自己所喜爱的事物失去掌控权。

有人问："读了那么多书也记不住，怎么办？"

三毛说过："读过的书，哪怕不记得了，却依然存在着，在谈吐中，在气质里，在胸襟的无涯，在精神的深远。"

深以为是。

也许读书改变不了全部的命运，但用我们有限的生命，去牢牢抓紧可以为之努力的事情，并且尽力使它成为，得以改变命运的那个部分。

_周冲

走 得 太 舒 服 的 路 ，

都 是 下 坡 路

When
We Meet

安乐令人退化，忧患令人强大。

有外在的压力和内在的焦虑，

人才不会屈服于惰性，而是尽自己所能去拼。

1

我很焦虑。

怎么说呢？总是有一种一不小心就会落于人后的惶恐。

这种心态与恐惧类似，也令人感到不舒服。但是，回顾自己的来路，却发现，焦虑也是令我成长的动因之一。

因为焦虑于在小县城死掉，所以拼命折腾到北上广。

因为焦虑于所有人都在进步，只有我原地晃悠，于是努力提升自己。

因为焦虑于责任担不起，期待落空，所以拼命站起身来，去扛起一个大人应当承担的一切。

我想过，如果没有外在的压力、内在的焦虑，我会很容易屈服于惰性，得过且过，变成一个庸人，或者善于自我安慰的庸人。

我虽然不奢望荣耀无双，但庸庸碌碌一辈子，还是不愿意的。

因为太没劲了。

于是我一直在焦虑之中，尽我所能去拼。

2

挪威人有一个有趣的传统。

渔民在深海之中发现大量沙丁鱼，捕捞起来，准备上岸卖个好价钱。

但是，从深海返航，需要漫长的时日。许多沙丁鱼还没等到上岸，都已经死了。

后来，有人想出绝招——在沙丁鱼槽中，放入它们的天敌：鲇鱼。

当鲇鱼进入鱼群，每只沙丁鱼都"压力山大"，拼命游动，生命力爆发，活力四射，直到上岸都依然活蹦乱跳。

岁月从不静好，现世从不安稳。

你要在路上一直走，一直看，

才能一直收获，一直成长。

鲇鱼吃掉的，只是一些"老弱病残"——而"老弱病残"是卖不出好价钱的，吃了也不可惜。

这就是"鲇鱼效应"。

即在强压面前，人的战斗模式才会被激活，技能才会快速升级，敌人才会一个接一个完败。

也就是说，安乐令人退化，忧患令人强大。

3

遗传学家也以人类的繁衍历程告诉我们：是的，没错。越不安的族群，生存概率越大。

比如原始时代，对环境越警惕、对生存越焦虑的人，他们也是最善于武装自己、防御外敌、避开猛兽袭击的人。

许多骁勇善战的民族，在饥馑与丧乱中，表现得所向披靡，攻无不克，但在夺得政权之后，荣华富贵加身，美玉佳人在侧，意志逐渐丧失，很快就走向没落。

现代社会也是一样，"活少、钱多、压力小、离家近、时间自由"的职位上，从没有出过真正大有作为的人。

只有焦虑于现状、不满于自身的人，才会思变，才会创新，才能迎来新的局面和文明。

走得太舒服的路，都是下坡路。

活得最舒服的人，都是碌碌无为的人。

你很难在安逸的井底，看到呼啸而出的飞龙。

你也很难在动物园的饲养场里，看到日行千里的骏马。

生活得顺风顺水，人便会失去危机感，安于现状，得过且过，精神短视，心智停顿，技能退化，无法应对任何大变革。

4

时代是不会为任何人停下脚步的。

它风起云涌，席卷万物，人人都身处它的引力之中。它发出沉默的巨响：想活着，那就努力。

有些人说，我也想努力，但我发现，越努力，越焦虑。

我承认是这样的，但这是必然的现象。

如果你有目标，也有不达目标誓不罢休的劲头，那么，焦虑就是你的影子，你摆不脱的。

因为，生存就是"正入万山圈子里，一山放过一山拦"的事情，攻下这个难题，又会迎来下一个挑战。

挑战无止境，焦虑无可避免。

既然如此，不如和它交个朋友。

"这样吧，焦虑同学，我们俩看来是生死不分离了，既然如此，还是一起干点儿正事儿吧，你催促，我执行，一起生机勃勃地活下去！"

焦虑就这样，由压力转为动力，成为你的无敌法器。

5

我有时候很想偷懒。而偷懒的借口，只要你想找，总是有的。

但是，只要一停，焦虑感就爆棚，令我不得安生。唉，这么煎熬下去，还不如抽出时间来做事。

这也就是许多朋友说"其实吧，工作比赋闲更令人踏实"的原因。

在这种动因之下，人就会一直在路上，一直走，一直看，一直收获，一直成长。

孟子说：入则无法家拂士，出则无敌国外患者，国恒亡。

意思是：如果没有内在的监督与鞭策，外在的威胁与压力，任何存在都会走向衰亡。

国家如此，你我亦然。

只有在充满挑战的内外环境里，人的惰性、厌倦感、倚老卖老的陋习，才会得到抑制。而在那空出来的地方，上帝会交给你更好的东西：聪慧、斗志、年轻的心。

最后想告诉大家：岁月从不静好，现世从不安稳，如果你正处于这种生活状态，这只能意味着——

1. 有人在替你负重前行。但被呵护与照料的巨婴，付出的代价也是惨重的。你会失去命运的主动权。如果负重者变节，你会如坠深渊，毫无办法。

说到底，所有的桥梁，都得自己过去；所有的路途，都得自己穿行。

2. 所谓"无忧无虑的生活"，早已被命运在暗中标好了巨额价码，在未来的某一天，你会惊讶地发现：这是一场提前消费，而你的余生都将以沉重的代价，为它支付本金＋利息。

替未来的你，

抱抱现在的自己

_李爱玲

When
We Meet

跟着心里的声音，

继续走下去，如果累了，

就蹲下来，抱抱现在的自己。

　　某次出差到威海，与老闺蜜孙小仙吃完饭，开车去海边兜一圈，找一处僻静的地方停下来聊天。

　　她突然转过头对我说："十几年前我要是有穿越的本事就好了，我穿越到现在，看着我们过得这么好，然后就回去告诉你：'别担心，眼下这些苦算个屁，你以后的日子爽着呢！'"

　　我们大笑。

　　海面暗蓝，渔火点点，远处灯光明明灭灭，像不可测的命运和机缘。

　　笑着笑着，竟有泪滑下来。

　　十五年前，我临近大学毕业，找工作一无所获，要么专业不对口，要么学历不达标。我和睡在上铺的孙小仙一起，印了几十份简历，奔波辗转于山东的威海、济南、青岛等几个城市，在人山人海的招聘会上被挤得汗流浃背狼狈不堪，饿了就去路边买一个煎饼果子，匆匆吃完再去赶下一场。

半夜在从济南回威海的火车上，我们冻得蜷缩在一角，对着空旷清冷的车厢，就像对着我们迷茫无望的未来。

那几个月，我们曾跑去山顶的道观，将双手摊在神秘的道姑面前，听她絮絮说着模棱两可的话，期盼我们前方的路能有神助。

我们夜里站在学校操场的台阶上，望向远处高楼里的万家灯火，忧心着何时才能在这城市扎根，拥有一盏属于自己的灯光。

毕业后我搬进与陌生人合租的房子，冬天再冷也不舍得开通暖气。孙小仙被家人安排去了烟台，住集体宿舍，拿800块工资，每月要分四百块给刚上大学的弟弟。

她每次来看我，临别时都会给我留张字条：爱玲，还是要一次次告别。曾经我们以为青春挥霍不尽，时间多得用不完。最终还是要各自上路，孤独前行。不知道多年以后，我们又会在哪里，过着怎样的生活，跟什么人在一起。

我们在各自的城市辛苦工作，努力维持苍白的生活。

和那些年轻小白领一样，在许多人羡慕的目光里穿上职业套装，踩着高跟鞋出入写字楼。实际上，我穷得吃土。买衣服不敢超过两位数；去超市只能买泡面；交完房租后生活费根本撑不到月底，全靠借钱度日；高烧到 39.5 度也要咬牙上班，因为请假会扣工资。

那些年，是我人生最孤寒艰涩的阶段。年轻姑娘在异乡独自谋生、攒钱、贷款买房、装修、异地恋，小心翼翼躲避那些试图用金钱买你青春的人，万千艰难尝遍。我总在加班之后去公司附近的码头，看韩国班轮鸣笛起航，然后在夜风里走路回家。

无数次质疑自己，这种辛苦到底有没有意义。如果不选这条路，是不是早已过上更安逸更舒适更无忧无惧的生活。

每当这种时候，我就想去学易经和占星，我幻想拥有某种超能力，让我提前看到十年之后的自己，是成功还是失败；让我知道怎样走，就可以直达目的地。

我甚至想，可不可以放弃这几年的动荡青春，让我一步到位，直接跨过这段青黄不接、挣扎迷茫的岁月，走进携夫将雏的婚姻里去，迈进稳妥平顺的中年里去。

十五年后的某个傍晚，我在暮色四合里下班回家。从商场偌大的橱窗前走过，无意间回头，看见玻璃墙映出的人像。

那里面的我，青春不复，长发依然，眼神清亮，腰背笔直。

这就是我一直想要成为的样子——体面的工作，稳定的年薪，婚姻、房子、事业，梦想，那些当年遥不可及的东西，此刻都在身旁。

我更加懂得那些深夜给我写留言的姑娘，和我当年问着一样的问题——异地恋该坚持还是该放弃，不喜欢的工作该忍耐还是该离开，劈过腿的男友该自己忍还是让他滚，付出那么多生活依然没有起色，到底值不值得。

该怎么选，该怎么做。

我知道，她们就是当年的我，正在面对职场的瓶颈、爱情的倾覆、生活的拮据、内心的委屈，怕走错路，怕爱错人，怕付出全部依然一无所获，无数次感觉自己快要坚持不下去了。

我知道，每个人的青春都有过那般凄冷仓皇的时刻，风烟大漠，孤独霜雪。

她们不是站在人生的十字路口，而是O字路口，没有路标，荒烟蔓草。她们茕茕孑立茫然四顾，四下灰蒙蒙一片，暗夜无边。

所以她们才和曾经的我一样，那么迫切地、哀恳地等一个人来为她指明：这条路，走下去就是对的。

我只能告诉你，跟着你心里的声音，继续走，不回头地走下去。

如果你觉得快要坚持不下去了，就蹲下来，替未来的你，抱抱现在的自己。

这也是我最想和她们分享的——庆幸这世上，根本不曾有预见未来的超能力。

因为无从预测，让我们从未有捷径可选。因为无从知晓哪条路才是绝对正确，我们才更加不敢纵容自己放任懈怠，咬紧牙关坚持走下去。

只有流过泪流过汗的每一天，真实又踏实地走过的每一步，才是真正可贵的青春财富。只有熬过恐惧，穿越孤独，才能去写一部自己的笑忘书。

岁月不是杀猪刀，岁月是把雕刻刀。

它一刀一刀把我们雕琢成现在的模样。

青春的无价在于，你敢去爱，去走，去错，去尝试，去承担，去告别。

松下幸之助说：努力到无能为力。

直到有一天，你终于和我一样，活成了自己想要的样子。

每个人的青春都有过凄冷仓皇的时刻，
只有咬牙走下去，熬过恐惧，
才能把命运的转轮握在自己手中。

在明媚阳光下，在浩瀚星空底，当你再回头，会多么庆幸此刻的自己，赤贫如洗一无所惧，即使狼狈即使心酸，也不言乏力不说放弃；咬碎多少牙关，流过多少泪多少汗，你才活成了你最想要的样子，你才没辜负，当初那个茫然无措且焦虑惊慌的倔强姑娘，那个自卑入骨仍砥砺前行的清瘦少年。

你曾吃过的亏，受过的苦，挨过的煎熬，咽下的酸楚，都在铺就一条路。

直到有一天，你再也不喜欢预测命运，再也不渴望预知未来，再也不需要谁为你开辟前路，指点江山。

因为你从此知道，当下的你付出全部的热爱和努力，累积点点滴滴的进步，都在指向并决定着你的未来。

因为你从此知道，命运的转轮，已在自己手里。

真正的优秀
并不刺眼

_李筱懿

When
We Meet

越优秀的人，越有平常心，
出类拔萃到了一定高度，
反而泯然众生。

1

有时候，花开无须太盛

　　十四年前，国庆长假接近尾声，公司的一位重要客户A总带着太太和孩子自驾旅行回程，路过我们所在的城市，临时打电话给我的女老板。他们不仅工作合作顺畅，私交也不错，于公于私，我的女BOSS都应热情款待，只是她的丈夫带着孩子去了外地，为了接待对等而方便，她带上我，并且叮嘱我安排个"一日游"。我花了很大的心思选饭店、景点、交通路线、手信，并且提前了解相关典故，打算既做好导游，也当好秘书。

　　这一行宾主尽欢，晚餐气氛尤其好。

我安排了一个非常有地方特色的私房菜馆，每道菜都有典故。我提前预习了故事，讲得绘声绘色。A总特别高兴，指着自己的女儿，一个比我小三岁正在读大学的女孩，说："年龄差不多，一样学中文，你比筱懿差了可不是一点点。"

我赶紧打圆场自谦："哪里哪里，我在学校特别老实，就知道死读书，工作后遇上好领导，是她调教得好。"A总大悦，转脸对我BOSS说："你这手下不仅工作利索口才好，还贴心。"

我BOSS微笑："她刚毕业一年多，还有很多需要锻炼的地方，讲错话大家别跟她计较。"

A总说："句句在点子上，哪有什么错话。"

A总酷爱苏东坡的诗词，我投其所好铆足了劲唱和，从豪情的"老夫聊发少年狂，左牵黄，右擎苍"，到轻俏的"墙里秋千墙外道，墙外行人，墙里佳人笑"，还有哲理的"若言琴上有琴声，放在匣中何不鸣？若言声在指头上，何不于君指上听"，饭桌气氛热闹得像个小戏台。

一天时间在说说笑笑中结束，我心里很得意，觉得圆满完成了任务。

第二天，BOSS带我到酒店送别A总一家。

我这才发现，她这两天穿的都是平跟鞋，个头看上去和穿了高跟鞋的A总太太持平；她衣着随意简朴，淡妆，除了婚戒没有任何首饰，和平时的"霸道总裁"风格完全不同。

她全程挽着 A 总太太，不时照顾 A 总女儿，临别不忘与她们拥抱，单独送上别致的手信。

和她相比，我隐约觉得我做得不妥，觉得哪儿出了问题。回程路上，她沉默很久才开口："筱懿，你很优秀，但是，很多时候，花开无须太盛。"

2

真正的优秀，并不"刺眼"

有一位男作家被邀请参加笔会，坐在他身边的是一位年轻的女作家。

她衣着简朴，话不多，态度谦虚，丝毫没有高谈阔论。男作家不知道她是谁，从她的反应觉得这肯定是个不入流的作者，不然为什么这么低调。瞬间，他有了居高临下的自豪感，开口问：

"请问小姐，你是专业作家吗？"

"是的，先生。"

"那么，你有什么大作发表吗？能否让我拜读一两部？"

"我只是写写小说而已，谈不上什么大作。"男作家更加确信自己的判断，得意地接着说："你也写小说？那我们是同行。我已经出版了339篇小说，请问你出版了多少？"

"我只写了一个。"

男作家有点瞧不上地问："哦，你只写了一部，那能告诉我这个小说叫什么名字吗？"

女作家平静地说："这部小说叫《飘》。"

高谈阔论的男作家马上闭了嘴。

女作家的名字叫玛格丽特·米切尔。

她一生的确只写了一部小说，就是全世界人都知道的《飘》。这本书原名叫《明天是个新日子》，临出版时米切尔把书名改成了《飘》，也就是"随风而逝"——这是英国诗人道森的长诗《辛拉娜》中的一句。

小说1936年上架，立即打破了美国出版界的多项纪录：日销售量最高时为5万册，前六个月发行了100万册，第一年卖出200万册。随后，这本书获得了1937年普利策奖和美国出版商协会奖。

《飘》问世的当年，好莱坞就以当时的天价5万美元购

美人的高境界是美而不自傲，
优秀的高水平是好而不自大，
愿我们能够做个不寻常的"常人"。

得了《飘》的电影改编权，1939 年上映，主演是"电影皇帝"克拉克·盖博，和"上帝的杰作"费雯丽。仅仅在 20 世纪 70 年代末，小说已被翻译成 27 种文字，在全世界销量超过 2000 万册。在已负盛名的时候，米切尔依旧对狂妄的男作家说："我只写过一部小说。"就像当年她接受采访时表示的:《飘》的文字欠美丽，思想欠伟大，我不过是位业余写作爱好者。

她婉拒各种邀请，一直与丈夫过着深居简出的生活，直到 1949 年 8 月 11 日，和丈夫牵手出门看电影遭遇车祸，五天后逝世。真正的优秀，并不是锋芒毕露，不留余地的"刺眼"。

3

优秀是锋芒，卓越是内敛

十四年前，我的女老板告诉我:

"筱懿，你可能不知道，A 总的太太是业内最出色的财务管理专家，虽然她看上去并不起眼；A 总的女儿在最好的大学读中文，古体诗写得不比现代文差，毛笔字都可以拿去直接做字帖。

昨天，你太得意了。

美人的高境界是美而不自傲，可是，这样的女人很稀缺；很多稍微好看一点的女人，都会给自己打个分数，待价而沽。

优秀的高水平是好而不自大，可是，这样的女人很罕见，太多稍微突出一点的姑娘，都会自视甚高，觉得自己值得拥有全世界。

假如优秀是锋芒，光彩照人艳光四射。

那么卓越就是内敛，就像打通任督二脉内功深厚的高手，从来不嚷嚷着满世界找人比武。

你很难知道自己对面坐着的人真正的实力，却毫无保留地表露了自己不怎么样的全力，这样不好。"

她顿了顿，接着说："我不喜欢女孩或者女人充满心机，处处藏着掖着假装愚钝。我想说的是，越优秀的人，越有平常心，就像大道至简，出类拔萃到了一定高度，反而泯然众生。

没有那么多看不惯，没有那么多优越感，没有那么多嫌弃，没有那么多不随和，只有看上去和普通人差不多的'不起眼'。可是，你怎么知道那些不起眼的女人，早已超越'优秀'，达到'卓越'的境界了呢？所以，她们才比'闪瞎眼'

的女人过得更好啊。"

　　我想起自己不禁夸之后的臭显摆，恨不得时光倒流，重新回到那张饭桌前做个安静的旁观者。优秀是闪耀自己，卓越却是兼顾他人。

　　把人当成寻常人，就好相处。

　　把事当成寻常事，就好处理。

　　愿我们能够做个不寻常的"常人"。

什么都不信，

可能是见识太少

_祝小兔

When
We Meet

人与人命运不同，
眼界会让我们变得更加慈悲，
相信人性中好的一面。

如果你对朋友讲一个令自己特别感动的故事，最悲痛的结局，并非他不能产生共鸣，而是他根本就不信。

人的预期有自我导向的能力，判断的结果仿佛总早于故事发生之前，他们选择自己愿意相信的，而并非可以去相信的。

我问过好几个朋友，什么时候相信有艺术存在这回事？有一个朋友告诉我，在他走进乌菲兹美术馆，在拥挤的人群中努力探出脑袋，亲眼见到波提切利的最重要作品《维纳斯的诞生》时，那一刻，他相信了世上真的有艺术这回事。

在这之前，他怀疑艺术是大家构建的谎言，是附庸风雅的惺惺作态，但那一刻才相信原来这世上真的有一幅作品美得让你心颤。

那年他三十岁，他感慨如果可以早点见到这幅画，也许可以早点开始享受艺术带来的好处，不会因关闭自己接纳艺术的心，而错失那么多可能性。

西方人爱说"I will see it when I believe it"。不信的时候，什么也看不到，就算看到也觉得不对。一旦相信，从那一刻起，就会不断看到相信的东西反复出现，过去没见过的美丽也会出现在你身边。

小时候最容易相信，但很快会被教育轻易信任是很不理智的行为，是一种单纯的、幼稚的、没有见识的行为。

有了一点经历后，我发现，在越来越难以相信的成人世界，见识越多的人反倒越容易相信。

你跟他们说奇闻逸事、荒诞观点，他们会觉得，嗯，有意思。

见识越多的人，因为时常走出自己的小世界，所以知道这世上有那么多与己不同的人和生活，有无数多彩的人生，和绚丽的梦想。

他们相信，这世上真有人过着与众不同的人生，而不轻易下判断做定论，不把"怎么可能？"挂在嘴边。

我知道，现在的世界，要让人相信，真的是一件很难的事情。

我也是在走出自己原来的小世界后，遇到了那么多有趣的人，才知道有那么多无功利心的人。讲究实用只是生活态度的一种，还有许多态度可归为无用，却同样动人。

我把所见讲给以前认识的朋友，常被批评太天真。我把他们的故事写下来，也有人会质疑真实性，猜测这背后的驱动力。

人们只愿相信跟自己价值观相同的人，而把其他一切看作虚伪。人们只会看到自己能到达的地方，而把不可抵达的远方，想象得危险丛生。

甚至，只愿相信一颗有用的心才是负责任的心，而把一切看似无用的情怀看作矫情。

人一旦不相信本真，就无法拥有信仰。

从轻易相信到凡事质疑，里面包含着理性之光，然后，从凡事不信到再次愿意相信，背后是见识和格局。

1912 年春天，四十九岁的西班牙自然主义哲学家、美国美学的开创者桑塔亚纳在哈佛大学讲课。

突然，一只知更鸟飞落在教室的窗台上欢叫不停。这只知更鸟，除了金银相间的胸毛，通体的蓝色像天空，像大海，像

在越来越难以相信的成人世界，
见识越多的人反倒越容易相信。

一颗镶嵌在海天之间的蓝钻石。

被蓝色知更鸟吸引住的桑塔亚纳，半晌才转向学生，说："对不起，同学们，我与春天有个约会，现在得去践约了。"

说完，他庄重而又飘逸地走出教室，跟在知更鸟后面走向森林。蓦然回首，他看见身后远远地，跟随着他的一群学生。桑塔亚纳热泪盈眶，不能自已。

之后桑塔亚纳离开了哈佛，离开了美国，选择去欧洲做流浪学者。

我读到这个故事时，愿意相信一只知更鸟把他引向了内心深处的自我，一种对理想生活的向往，比现实更超脱一些，比富足更质朴一些。

而人与人之间的相信，是愿意暴露出弱点的一种心理状态。

爱不是只把人性中最好的一面展现给对方，也是把最柔软脆弱的部分袒露，并坚信会得到慰藉而不是伤害。就如一句话所说，我给了你摧毁我的权利，但相信你永远不会使用。

小时候读辛波斯卡的诗，觉得无比浪漫，"他们彼此深信：是瞬间迸发的热情让他们相遇。"

之所以觉得浪漫，是因为他们相信偶然，相信邂逅。现在再去读这首诗更觉太难得，回头看，身边许多人的爱情是太过刻意，太多的交往是带有目的性。

如果听过黄昏时酒瓶在街角碰撞的声音，闻过夜晚茉莉的香气，见过晨光里涓涓细流漫过大理石时的闪光，尝过新鲜的果子，扶过宏伟桥梁的栏杆，眺望过被天空衬得低矮的教堂的尖顶，你就会幸运地明白，所谓的好生活，是深入这个就在这里的世界。

卡夫卡说："信仰什么？相信一切事和一切时刻的合理的内在联系，相信生活作为整体将永远继续下去，相信最近的东西和最远的东西。"

我理解的最近的东西，就是你眼前真实的情感，最远的东西就是志存高远。

那么，信与不信有那么重要吗，也许并没有。但是只有我们相信的东西，才有可能反过来选中我们。

我不想轻易说不信，因为很有可能是自己见识太少。理性与智慧并不代表质疑一切，眼界会让我们变得更加慈悲，相信人性中好的一面，同时原谅人性中坏的一面。

人与人命运不同，选择信是一种命运，不相信也是一种命运。人生路越走越窄，不是因为不够聪明，而是因为不再相信。

学 会 浪 费

_连岳

When
We Meet

你若爱一个人，爱你自己，

那必然对浪费无所谓。

浪费俩字没加引号，是的，你没看错，要学会浪费。

因为不会浪费，把不适合自己的、已经无用的东西留着，它不仅会让家里塞得让人喘不过气，而且你的脑袋也会被塞住。

小时候，每年夏天开始，长辈会给我买一双塑料鞋，品质低劣，塑料坚硬且不合脚，磨得脚踝起泡、出血、结痂；如此循环三四次，鞋子软了，破了，我的伤口处起了厚厚的茧，秋天就来了。

当时我就想，如果有双合脚的鞋，该有多好啊。这个愿望不能说出口，这是贪图享受的坏思想。有鞋还不满意？想想没鞋穿的孩子！

大了以后，自己赚钱，当然有了很多鞋。有些鞋好看到难以拒绝，一买回家，就发现不合脚，穿了脚疼，还会起泡。每次出门，在合脚的鞋与不合脚的鞋之间选择，总是挑不合脚的，心想：再磨合磨合，就能挽救这双鞋子。

坏鞋子再怎么磨合，都是坏鞋子。有天想到这点，突然冷汗直流。想到了我外婆。

我从小寄居在外婆家，她是被饥荒折磨出心理疾病的人；我这个外孙，在她眼里，是额外的粮食消耗者，不受欢迎。每餐吃饭，只要我多夹一点菜，她就白眼瞪我。这给我造成极大的精神困扰。现在想起来，作为孩子的我，很长一段时间都处于抑郁状态。大概小学三四年级的时候，某个冬夜，我边哭边给父母写了一封很长的信，主题是：我待得很不开心，让我回家吧。写完后，情绪缓解，然后自己又吓了一跳：我怎么可以说外婆外公的坏话呢？一定是我自己错了。于是烧掉了那封信。

一直到了三十来岁，才恍然大悟，开始安慰并接受小时候的自己，对他说：你没做错什么，即使你贪吃，可你是孩子啊，孩子一定是贪吃的。

看到不合脚的鞋子时，发现不知不觉中仍然用我外婆的方式对待自己：浪费新鞋子，是极大的罪过；鞋子没错，错的是你的脚。

我马上把鞋子扔了。

我是个不爱留东西的人。鞋子扔了以后，还发现大量的衣服、书籍、CD 是我不需要的，仅仅是因为"不能浪费"而留着，也一并扔了。

以后凡是我不需要的东西，即使崭新，也第一时间扔了，就放在垃圾桶里。

有人说，可以不这么浪费，总有人需要这些东西，为何不捐掉呢？

我的回答是：你这么想，那你就还没学会浪费，你心里还是舍不得的。所谓浪费，表面看来是物质的损失，其实是内心的放松，也是对他人的宽容。你自己是个浪费的人，你会因为一点水、一点电、一点食物，去责怪你的孩子吗？不会的，你的孩子也将在放松的氛围里长大。

大多数人没有一个虐待你的外婆，反而有个溺爱你的外婆，但你很可能有个自己虐待自己的外婆：她永远先吃剩饭，然后新鲜的饭又剩了一些，下餐她再接着吃剩饭，无穷尽也，她于是成了一个只吃剩饭的人。最好的办法，也是最简单的办

浪费，表面看来是物质的损失，
其实是内心的放松，也是对他人的宽容。

法，把剩饭倒了，那她也可以顿顿吃新鲜的饭，生活质量大大提升。但她没学会浪费，就得过劣质生活。

这些自己虐待自己的慈祥老人，他们的杀伤力，比虐待你的老人大。你一想到他们，就是爱，因此他们的方法论很容易渗透给你——"永远吃剩饭"的行为模式和思考模式，你很容易也变成一个虐待自己的人：总是舍不得购买衣服，总是不愿体检和看牙医，总是舍不得购买服务，永远不会用好东西，绝不舍得蝇头小利去创业……

你找到了最好的控制自己和他人的方法：虐待自己，然后让家人不好意思浪费，让家人也虐待自己。

我对那些不快乐的、受虐待的、孤独的孩子，天然更具同情，好比看到弟弟妹妹。我要说，没关系的，没受过伤害的孩子，是没有的。或许你现在伤得很重，但只要熬到独立，你反而更容易强大；因为坏的就是坏的，它们冷酷地折磨过你，你不容易当成精神遗产。

浪费，简单地舍弃某物的行为，心理意义是巨大的，它表明：

你有能力。你可以轻松挣到这些被浪费的东西。

你爱自己。只让自己用好东西，不勉强自己。

你对未来乐观。你不用攒一堆废物以备不时之需。

你温和宽容。你不太可能对他人严苛。

要学会浪费：你的孩子玩水、不关灯、把蛋糕抹在脸上，不要再吼他们。这几块钱能换来他们的快乐，是多么值得的事，你还应该跟他们一起浪费。

要学会浪费：你应该上更好的餐馆，穿更好的衣服，开更好的车，住更大的房子；你不应该知足，这样才能提高能力，才能一直学习。

你爱一个人，你若爱自己，你必然对他的浪费无所谓；否则，就不是爱，就是有心理疾病。●

一人住，一人食，

一人好好活

When
We Meet

从今天算起，你的余生还很漫长，
需要自己好好度过。

1

二十五岁，我研究生毕业，在一所大学教书。

新的生活刚刚开始，我手里没有太多积蓄，做任何事都力求从简。住在学校安排的公寓里，房间在二楼，在水汽弥漫的重庆，这样的楼层还是容易受潮；打开许久未翻的抽屉，都会看到物件上的霉斑，像一张张中年女人的脸。房间不大，忙起来的时候物品堆得四处都是，空间就显得更加狭小，感觉自己是住在盒子里的人。

楼下是篮球场，独自站在阳台上晾衣服的时候，会看到上衣被汗水湿透的学生，三三两两围在一起，打球，奔跑，叫嚷，身材毕现，俊美健壮。心里真羡慕这些血气方刚的年轻人，但回头看到阳台镜子里的自己，转念一想，每个人的生活方式与日常习惯都有差别，一个人生活也挺好。

2

上大学时，没有太多与人交集的记忆，基本都是一个人活动。这漫长的四年是怎么熬过来的，有时想到，觉得特别佩服自己。

大一，刚到一个新学校，加入了班里的各种群里，每天通讯录里都有许多好友申请。我忙着识记他们的头像、名字、专业、班级和家乡，以及礼貌性地问好。一天的时间就这样悄悄蒸发。

那时刚来异乡，夏日暑气还未消退，知了仍在路上叫嚣，城市里都是自己不认识的路牌，曲曲折折的马路，还有一边走一边大汗淋漓的人群，说着听不懂的方言，如同在热锅上爬行的蚂蚁。而我也是其中一只，提着两包沉甸甸的行李，在这个陌生的城市里跌跌撞撞寻找下一个收容自己的地方。所以我急于融入身旁同学的圈子里，一起吃饭，参加社团，上网聊天，天真地觉得在这长达四年的大学生涯里挥霍这么一段时间，可以被原谅。

但我始终是一个不善言辞的人，而且记性不好，有脸盲症，跟陌生同学聊天都无法找到共同语言，无数次只能像商店橱窗里的塑料模特，长时间尴尬地站在角落里，看别人谈笑风生。

而网络交友在我看来，同样恐怖。大家在网上起初都还单纯、老实，会将自己真实的心情和日常生活中的私人细节毫无顾忌展示给并不熟络的朋友看，但随后，我发现气氛有点不对了。他们中开始有人搞推销、贴"鸡汤文"、晒各种旅行和对象间亲密的举动。你一点击，不仅内心难受，还会耗费大笔流量。

有次一个姑娘加我好友后，非常热情地对我说，看了你空间里的照片后，觉得你皮肤有点黄，要注意了。过了二十岁，不管男生还是女生，每个人都需要保养的。我以为她关心我，正想发句"谢谢"过去。结果她直接敲了句："要面膜吗，一贴就白，纯天然草本，效果非常好的。"我无言以对，随后取关了这位姑娘。

周围很快有人形成了各种各样的小团体，而我不属于其中任何一个。我只有一个朋友，他的名字叫"孤独"。我跟自己说，做人最主要的是让自己开心，干吗硬要钻进别人的圈子里，好比两块截然不同的拼图，拿出任何一块都无法插进对方的世界里，正所谓"圈子不同，何必强融"。

孤独没有什么不好。在人生漫长的旅途中，每个人多数时间都要自己度过。衰老、病痛、死亡、孤独，都是我们生命历程的常态，我们总要习以为常。

想通了这个问题后，人就会过得异常轻松。

我开始振作起来，不再为身旁没有人陪伴而困扰，一个人试着跑步、吃饭、上课、泡图书馆、进电影院、玩抓娃娃机、坐地铁到观音桥的书店或去朝天门逛逛。当然，在这过程中，也会有因为内心空虚而躁动不安的时候。

坐在深夜回学校的地铁里，手上的书在半途中就看完了，面对车厢里乘客们倦怠的脸和窗外漆黑的夜，顿时不知所措；从书店出来，突然天阴，下起大雨，身上却没有带伞，只能傻傻站在大楼底下，看着从屋檐落下的雨滴和一对对撑伞从眼前走过的情侣；去参加一些讲座和分享活动，临行前，发现衣服的扣子掉了，极其笨拙地进行缝补，几次针尖扎到手指，眼睛都红了。

衰老、病痛、死亡、孤独，
都是我们生命历程的常态，
我们总要习以为常。

遇到这些时候，我就想身旁如果有个人在就好了，可以关心自己，帮助自己，让时间过得快一点。我承认，这种臆想是一个人生活时特别容易出现的软肋。我们需要接受现实。

我也逐渐习惯一个人面对这些，也开始学着走出自己的小世界，不再耽于这种寂寞而无所适从的情绪。

旅行给我提供了一个出口。

3

大二那年的暑假，我去了清迈，住在一座殖民地风格建筑的旅馆里。盛夏炎热，从空调房内出来，整个人像一匹绸布被热气搓揉着，拧出很多水。街道上绿树浓密，旧时宫殿和寺庙都像面目和善的老者看着人来人往而不动声色。

有只孔雀站在不远处的房顶上，细长的脖颈上，双眼四处观望，有种天真、得意和不屑。有小孩跑去跟它打招呼，它就张开翅膀，飞向远处。

人在异域行走，如同透明的灵魂在万物间飘动，不必考虑怎样说话，不用在乎谁，这让我觉得快乐。

后来去过太平洋中的离岛兰屿，招待我的是一位达悟族大叔。船靠近港口的时候，他就开着一辆破旧的面包车来接我了。他说自己一年到头很少接待过像我这样的单身客人，其他几乎都是组团来玩的朋友或者成双成对的情侣。他问我是不是失恋了。我苦笑着摇了摇头。

兰屿天将破晓时的景色异常壮观，云霞从深沉的墨色转为幽幽发紫，很快变成暗红，随即又渐次明朗鲜红，天色也由暗蓝变成深蓝，再到日出后的浅蓝，无比奇异瑰丽，如梦幻一般。

我在窗前，目睹这一切。光很快照射过来，面颊渐渐红了，有些烫，但我感到舒服，发现人在某一刻真的能够与自然达到交融的状态。

也曾深夜在丽江古城的四方街兜兜转转，找不到回酒店的路。那时人潮已经散去，店铺大都打烊，只剩下酒吧的摇滚乐在我无法寻觅的方位响起。

我蹲坐在黑夜的角落里，观察这座古城，发现它在褪去商业气息后，显得尤为荒凉。身处其间，仿佛来到了深夜无灯的旷野，有风从肩上抚过，我却不知道它从哪里吹来。一切冷寂，如烟火燃放后满地散落的灰烬。

我并不害怕，反而更清楚自己的存在；内心也不慌张，而是盛满了丰盛的安宁。

在途中，我开始享受与人交流的过程，不再封闭自我的内心，试着伸出手心去触摸这个世界的温度。

一路上，遇见很多人，有在火车上因为丈夫出轨而失声痛哭的女人，有站在村口望着过路人、眼神中透出一种期盼与失望的留守孩童，有在地铁里读玛格丽特·杜拉斯《情人》的年轻男子，有在菜市场突然忘记自己要买什么回去的白发老人，有求职不顺用最后一点积蓄来旅行的大学毕业生……我与他们聊天，倾听他们的故事。问题几乎都流于世俗层面：婚姻、爱情、工作、教育、衰老等。我只是静静聆听，给予安慰的话语或微笑，不做过多阐述。

日常交际中，多数人都愿意将言语藏于内心，不轻易表达，怕在对方眼中显得浅薄；又怕一语不慎，被误判、歪曲。这是人与人沟通时应掌握的自知。但因为都是短暂相逢的旅人，之间的交往并无目的，所以双方常能敞开心扉。

了解别人走过的路途，听他们说话，探测人世的深渊，借此明白自己所处的位置。在路上，孤独的人能够深刻感受到这点。

在一般的认知中，人是群居动物，但个体的独特性又决定了我们孤独的属性，所以生而为人，真是矛盾。

面对这样的矛盾，我并不苦恼。

一个人享受孤独的过程，是内心逐步清澈、沉静、自在、安定、干净、清醒的过程。

乐于聚会、喜好喧哗的人也有悲苦，在表面粉饰的浮华下尽是无人侧目时的千疮百孔。

4

我现在住在教师公寓二楼的房间里，空间有些狭小，我经常会通过挪动家具、清理角落里的物件，使它显得开阔。花开的时节，我会去后山折些花枝回来，插在瓶中，用清水养。植物需要的东西很少，活得单纯。窗明几净，看得清屋外的四季交替。

早晨从一杯柠檬蜂蜜水开始，配一块糖分较少的面包。一天尽量吃得少些，多是简单清淡的素食，感觉身体略微饱足就可以，这样人就显得轻盈，不笨拙。同一栋楼里有不曾碰面的教师在炒辣椒，味道辛辣刺鼻，我即刻关上了窗。

在温度适宜的夜晚出去慢跑，瞥见月光下盛开的海棠，无香，却美。回到宿舍洗完澡，拿出文友从远方捎来的玫瑰花饼，不急着吃，只闻一闻，便感到满足。之后备课，睡前再翻一篇简短的小说。

曾想过年老之后的事，一个人居于山中，栽种，吃茶，养猫，听钟，写字，看书。离俗世远，与自己的内心近，安然，沉稳，朴素。当然，二十多岁的人做这样的设想未免有些遥远。

我对当下的生活已经知足。站在阳台上看打球的少年归家，日影飞去，风起，头顶晾晒的衣服翻动，树梢的叶子沙沙响，如雨至。生命中没有什么事值得我们迫切去做，所有迫切的事都已过去。我忽然觉得自己的身体可以长出植物。余生如果这样过，也挺好。

谎言、争吵、占有、放弃、承诺、牺牲、欲望、伤害……这些词藻都跟一个安于孤独的人没有关系。

孤独的人最容易与时间和解，因为他们没有太多秘密，在有生的年月里，如清水简单，如弥勒常乐。

天冷时，我常常爬上顶楼。夜晚的走廊总显得异常空旷，鞋底触碰地板的声音格外响亮。

站在一扇窗前，轻轻推开它，冷风夹杂着水雾向我迎面扑来，空气显得十分凛冽而清新。我呼出一口气，看着它缓缓消散。想起研究生毕业典礼那天，母亲在电话里对我说的话。

"人生道途，险阻重重，你总得一个人面对无尽风霜。我们能陪你走过的仅是短暂的一程。从今天算起，你的余生还很漫长，需要自己好好度过。"

对 不 起，

我 们 不 必 再 联 络

When
We Meet

时间和金钱可以改变一切，

彼此的生活状态不再对等，

再好的友情也会因此变质。

我是一个还算善于交际的人。

但每次同学聚会，我都会想尽一切办法推托掉。即便聚会的机会难得，每年大家就这几天有时间，其他时候都在忙，我仍是不想去。

其实每个人都心知肚明，多年以后大家的生活状态都参差不齐，有的人有钱，有的人有爱，有的人有孩子，有的人仍旧一无所有。

更多的差距，注定造成更多的尴尬。

混得好的不断炫耀，夸夸其谈；混得差的低头吃饭，故作欢笑；而那些不上不下的，则一面理直气壮，一面曲意逢迎。整个饭局，各种吹嘘，各种保留，没有一个人真诚地谈论自己。

可多年以前呢，大家都是共处一室的好哥们儿、好弟兄，恨不得一瓶啤酒轮番喝，一条裤子换着穿，写不完的作业轮着做，不会做的考题偷着抄。

那时候所有人都一样，都没钱，穷得叮当响。

那时候所有人都没见过什么世面，觉得朋友一生一起走，不分距离，也不论差距。

那时候所有人都很单纯，认为即便是有人发达了，有人落魄了，一样可以做朋友。

而后大家带着这份期许毕业了，毕业的时候每个人都喝醉了，哭得像个傻子，哭过又在 KTV 里一起唱歌，唱过哭过以后又相拥在一起，不分男女。

在记忆中，那是我们的关系最好也最紧密的时刻了。

最后大家一个一个背着行李，有的南下，有的北漂，各自闯天涯。混得好的会告知所有人自己的手机号、微博，混得不好的，什么也不会说。

极少的一部分人还会继续联络，大部分即便在一个城市，也好几年不见面、不联络。有的人结婚了，有的人离婚了，有的人买房了，有的人卖房了，所有的消息都是私底下打听来的，没人当面问。

后来有了微信，很多人都从微信上找到原来的老同学、老朋友，但基本上加过了仅仅就是加过了，不会再聊，也很少点赞，甚至我知道，很多人都会把混得好的屏蔽掉，怕影响自己的心情。

某次遇见一个写作的朋友，彼此平等，交流无碍，在探讨这件事的时候，我俩的观点惊人地一致：好朋友可以共苦，却很难同甘。

其实很多老同学、老朋友，当年可以同甘共苦，都是因为大家处在同样平等的地位上，而一旦差距拉开，便很难再做好朋友了。

大家的友情还在，只是继续像从前那样相处下去，就有些艰难了。

说我自己，毕业以后选择写作，无论是微博还是朋友圈，都是以作者的身份居多，很少提及我在公司的经历。

因为没有经历过，所以很多老同学看我写书登报，在各大平台上发文，仿佛出尽了风头。

某一次，我在街头遇到了当年的室友，我俩都在等同一班地铁，他见了我，第一句话便是："嘿，你这种人也坐地铁呀。"

我嘿嘿一笑，说当然要坐。

他又开始探我的话，问我家里是不是有车，是不是今天限号。

我说没有，坦诚地说我不会开车。

听过之后他仿佛又不太踏实，接着跟我说，其实有钱就行，车不车的都是摆样子。

整个对话，他都是在用各种方式探听我的消息，和当年一起逃课一起打球一起在路边撸串时完全不同。

那时候，谁有了女朋友，谁得到奖学金，大家都坦诚相待，从不遮掩，而现在却彼此连工资都不会透露了。

是差距让我们变得陌生，不再联络。

寒暄几句过后，他提前招手下车。离别前他对我说，还有谁谁谁也在北京，也是海淀区，离我公司不远，哪天咱们一起聚聚。

我很开心，连说好啊好啊。

可是这个小聚，却在这句话之后销声匿迹。可能我还是期待聚一聚的，但他心里清楚，说过就拉倒，他不会联系我，我也不会联系他。不是谁变了，只是大家都不想这么辛苦。

然而，当年的那个校友，也是写作上的朋友，毕业后我们却一直在交流。

我们分别以后，他也说，哪天找当年的好朋友一起聚聚，我也答，好啊。

两个不同世界里的人，
是不可能理解对方的。
是差距让我们变得陌生，不再联络。

没过几天，我们真的聚在了一起。扯皮，开玩笑，谈论写作，谈论圈子里的潜规则，没有太多拘谨。

同样是老朋友，一个很可能永不联络，一个会一直交往，区别在哪儿？可能就在于彼此之间是否可以同行吧：圈子、地位、步伐，是否都在同一条水平线上。

因为处于同一个圈子，大家可以交流无障碍；处在同一地位上，交往是最没有压力的。

落魄的时候，你的就是我的，我能用你的，住你的，吃你的，你也可以这样对我。你没有的，我也没有；同样的东西，你能买的我也能买，你想用的你拿去，我们可以不分彼此，毫无顾忌。

一旦你富了、红了、火了，我便不再涉足你的世界。

比如再过几年，同样大家都在写作，你大火，我落魄。你同样可以像往常一样邀请我，参加你的签售会或者 Party，也可以让我住你的吃你的，你考虑到我没你有钱，你把一切与钱相关的东西全部包圆儿，可我却不再想与你来往了。

不是你不够好，也不是我心眼儿小、嫉妒心强，而是我不想让自己一直跟着你的脚步，活得太辛苦。

刚来北京的时候，有个师兄带我和其他三五个朋友一起吃饭，因为都是前辈，我也没有保留，大家都聊得很好。

结账以后，师兄掏钱说要埋单，几番争抢过后，师兄突然撂下一句话："这次我来，下次你来嘛。"

接着，师兄为了表明对我的关照，每次他们几个轮番请客，都要叫上我。

几次下来，该请的人都请到了，众人的话语无意间都转向了我，夸我写作写得好，说我赚钱赚得多。其实即便他们不提出来，我也会硬撑着请他们吃一次的。

可过后我带他们去吃"金钱豹"自助餐，却足足花了一千五百大洋，这数目可是我半个月的工资，小半年杂志专栏的稿费啊。

再后来他们叫我吃饭，我便找各种借口，不会再去了。我不希望每次都是你们掏钱，但我掏钱以后，自己的确元气大伤，以后一两个月的时间都要啃馒头吃咸菜。

我没有表明我的真实状况，因为一旦说了就显得小气、矫情、多事。

但我的确是一个有尊严的人。我不与你来往，并不是不想继续和你做朋友，而是我真的不想因为追随你们的脚步而伤筋动骨。

当然，你有钱有地位以后，可能一切也都没有变，对兄弟的感情也没有变。可当年一起住宿舍吃泡面的人，却只有我了。看你的锦衣玉食，我会眼馋，仰望你的高楼我的脖子也会酸。

都不在同一个平台上对话了，我们为什么还要再联络呢？

就像《老炮儿》里面有钱后的洋火儿，六爷去找他，他二话没说就塞给他几万块钱。

可六爷呢，抽烟摆谱，张口闭口都是当年的交情，训斥他不要谈钱不要功利，太俗。

闲扯了半天，说了些有的没的，最后洋火儿忍不住了直接点破，意思是说自己没变，你有什么事我可以帮忙，但你有事不说，让我怎么做？

如今时过境迁，六爷还是整天游手好闲，住在胡同里没事喝酒聊天，但洋火儿可能耽误了一分钟，都会损失几千、几万。两个不同世界里的人，是不可能理解对方的。

所以当六爷住院，洋火儿偷偷把钱送过来，又偷偷走了。

因为他知道，六爷醒了看见他肯定觉得他在臭显摆，又要臭骂一通，所以默默留下救命钱，算是最好的办法了。

时间和金钱可以改变一切，彼此的生活状态不再对等，再好的友情也会因此变质。

只是如果交情够深，我甘愿默默为你去做，也不必和你再联络。

爱情很贵，
请别浪费

_陶瓷兔子

When
We Meet

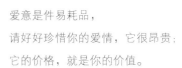

爱意是件易耗品，

请好好珍惜你的爱情，它很昂贵；

它的价格，就是你的价值。

亲戚家的小姑娘交了个疑似渣男的男朋友，夫妻两人各种苦劝威逼无果，将她带到我家，想让我说服她改变初衷。

小姑娘刚满二十岁，上大二，直着脖子理直气壮地说："不是你们说'爱就是付出'吗？我现在付出得很快乐，你们为什么还要阻拦我？"

就在上一个情人节，她用省了好几个月的零花钱给他买了最新款的 iPhone，而他却在她的一再要求下，才象征性地送了她一个几十块的发卡。

他声称学校的宿舍人太多住得不舒适，她便主动掏钱给他在学校附近租了一间单身公寓。这笔支出没法儿向家里申报，只好又兼职了一份在超市做促销的零工。

她把他的每句话都当成圣旨，而他对她却是漫不经心的，一边享受着她的礼物、她的体贴和照顾，一边跟她保持着若即若离的关系。微信是从不秒回的，电话都很少马上接，主动找她的理由大多是：卡里没钱了，专业课的笔记忘了抄，以及今天想吃孜然炒肉。

两人就这么不清不楚地纠缠了一年，她爸妈发现她越来越瘦，神情也越来越凄苦，从她的一位好友那儿辗转打听到了实情，立刻就坐不住，软硬兼施地采取了一系列手段无计可施后，把她拉来了我家。

可同一个故事，同一个人，从她嘴里讲出来又是另一番情境。

"他知道我怕黑，还专门送了个小手电给我，刻着我俩名字的首字母呢。"

"他心里还是有我的，每天不管多晚都会给我发晚安。"

"他看我的眼神特别温柔。"

"他曾经连着给我讲了一个小时的笑话逗我开心。"

她急急地为他辩白，我们听得哭笑不得，分明是遇上了爱情中只动嘴不走心的渣男，还当自己拾了宝。

像一个可怜巴巴的小乞丐，搜遍爱情的全身只找出了几枚硬币的捉襟见肘。

劝不了小的，只有劝大的。我瞅准机会劝她爸妈："该说的都说了，你们别逼她了，万一逼得狠了，她出于叛逆也要跟那个人在一起，岂不更糟糕？"

她妈妈抹了把泪点点头，说了一句我至今难忘的话：

我们不是嫌那个男孩儿穷或者没出息，只是她是在我们千娇万宠里长大的小女儿，实在是不忍心，看着她这样轻贱自己的爱。

我将她这句话说给我的女友 F 听，她沉默半晌，笑笑说："可不是吗？这世间所有的爱里，唯有得不到回应的那种，最轻贱，最不值钱。"

我想她大概是很有发言权的那个人，三年前，她也曾经顶着父母朋友的巨大压力，倾尽全力爱着一个人。

那个并不太爱她的人。

为他她辞了工作，陪他回了老家，从十指不沾阳春水的小女孩变成一小时能做五道菜的小厨娘。他和朋友们在客厅喝酒，她一个人在厨房焦头烂额，换不来一句关心问候，只有他时时不耐烦的催促：

你快一点行不行啊，我们都快没菜下酒了。

付出的还不止这些，她将工作几年的积蓄全贡献出来给他家老房装修，动用了所有的人脉将他的妹妹插进了市里的重点中学。他不喜欢女人出去交际，她便跟所有朋友都断了联系；

他随口说了声女人要多顾家，她回头就推掉了公司的一个重点项目，只为了能每天按时下班，为他做上一顿晚餐。

她对他掏心掏肺，他对她狼心狗肺，一边享受着她的迁就，一边跟自己的女同学劈腿，直到她将证据摆在他面前，也只换来一句嘲讽：你爱得那么廉价，谁稀罕？

有这样一句话：我也只有一个一生，不能慷慨赠予不爱我的人。

她看到这句话苦笑一声：是啊，我也只有一个一生，可是爱昏了头的时候，偏偏觉得自己是九命灵猫啊。

心被一次次伤透，又在对方一点有意无意的温情中复活跳动，爱得那么辛苦那么卑微，自己却浑然不觉。

后来她回到大城市，换了工作，搬了住处，结识了一个台湾的男孩，对方对她展开了热烈的追求。她因着上一段情伤，迟迟不愿接受，却在一天夜里给我打来电话，这个独自出差，在外地骨折住院都不肯叫一声苦的女孩子，在那头泣不成声。

那时她为了搪塞他的追求，顺口编了个理由，说认识的时间尚短，双方不够了解，不想太过草率云云。而他居然专程让台湾的家人快递来厚厚两大包资料，从国小到大学，获得了哪些奖，好朋友是哪些人，爸妈姐姐性格如何，都去过哪

愿你爱的人，
能看见爱情表象背后你灵魂的光芒。
看得见，懂得，也会珍惜。

些地方，家传的戒指传了六辈，每个戴过它的人，都有怎样的故事。

像个在面试的应届生，带着一点紧张和青涩，将她错失的过往，一点点讲给她听。

而她忽然发觉，自己的爱其实也是很昂贵的。

值得另一个人，出尽百宝，耗尽半生来换。

很喜欢波伏娃的那段话：

我渴望能见你一面，但请你记得，我不会开口要求见你。这不是因为骄傲，你知道我在你面前毫无骄傲可言，而是因为，唯有你也想见我的时候，我们见面才有意义。

爱情这个东西很奇怪，它不是我们上学时候做过的那道"一边放水一边注水的游泳池要多久才能填满"的应用题，只要爱情中有一方不愿回应，即便另一方倾尽所有，也填不满那漫漫虚空。

可是我也见过太多女孩子，仗着年轻，仗着一腔热忱和勇敢，义无反顾地去爱一个不爱自己的人。

会有人等到浪子回头的吧，总有的。可我却不敢想，那回头，是真心实意地被她打动，还是仅仅出于年岁渐长心灰意冷的凑合，又会不会是追求某人无果的退而求其次呢？

爱是这世间最平等的东西，不分贫富，无论贵贱，但唯有一种，却是最最廉价的。

那便是一个人倾其所有，而另一个人不屑一顾。

像是买椟还珠那个小故事里的宝珠，只有也遇到长着慧眼的那个人，才具备了价值。

这也是爱情的珍贵之处，不在于玫瑰，不在于口红，不在于香车宝马和珠宝钻戒，而在于那个人，能看得见爱情的表象背后你灵魂的光芒。看得见，懂得，也会珍惜。

爱意是件易耗品，想要好好去爱某个人、被某个人爱的愿望，是会在一次次的伤心和失望中逐渐流失的。年轻的时候对错的人用力过猛，等到足够成熟之后遇到对的人，却早已遍体鳞伤，失去了去爱的力量。

请好好珍惜你的爱情，它很昂贵；它的价格，就是你的价值。

别把它轻易许给有眼无珠的人。

你有自己的山川湖海，
也能安于厨房与爱

_王珣

When
We Meet

幸福的女子即便安于厨房与爱，
也从未放弃过自己的山川湖海。

　　W 小姐的小窝是一室一厅，不大的厅里各种东西堆放得仿佛要扑出大门。"你刚搬家？"我一边问，一边小心迈过那些杂物。W 小姐摇了摇头，然后让我坐。沙发上也放满各式衣服，我扒开了一堆才坐在了沙发角上。外面的阳光很好，但被阳台上晾晒的衣服挡了个严实。估计 W 小姐洗了衣服也是不收纳的，直到要穿了才会想起去阳台和沙发上翻找。

　　W 小姐也是总爱说自己特别忙的人，当然就没空认真洗衣、做饭和打理房间。她说自己忙到内衣都是攒着一起洗，于是又忙到了没空化妆、睡觉和保养皮肤。我不知道这样的"忙"是个什么概念，只是再忙我也不会忘记喝水、做饭、洗衣、睡觉，陪伴孩子和谈情说爱，还要有时间去健身房跑步和在咖啡馆里发呆。

我的耳边也充斥着一些婚后女子的抱怨，无非都是要上班、要做饭、要带孩子，忙得根本没有时间打理自己和屋子，好像做到的是奇迹，做不到的才是正常。单身的 W 小姐把自己的房间忙到了乱糟糟的地步，脸上也长起了青春痘。她问："怎么才能让皮肤更好些？"我回答："你先把家里收拾整齐，再调整饮食多睡觉，皮肤就会好了。"

我曾经在某篇文章中提到过，我有位表姐一直穿没有皱褶的裙子。有的人回复"这需要奴仆成群"，还有人说"即便穿没有皱褶的裙子她也只是个普通女子"。我们绝大多数终其一生也都是个普通女子，可过了三十岁之后生活的慷慨和残酷，就会逐渐显现在脸上。我们或许因此变胖又变丑，又或许因此变瘦又变美。都是渐渐老去，但有些人早早就分不出实际年龄了，有些人却生出了另外一种仙气。

普通女子如果都能精致到一生都穿没有一丝皱褶的裙子，她就是不普通的。而即便你把自己看得再不普通，乱糟糟的房间没有细节的着装，你也逃不出粗糙俗气；颜值体现出的样子也一定和你自己想象的大相径庭。

我们都是普通的女子，但并不代表我们就要随波逐流地淹没在人潮里，然后用身不由己的借口在自暴自弃后徒留抱怨，在自艾自怜里只剩下活着。更多的人都在好高骛远着各种所谓的梦想；在各种忙碌的借口中，错过了生活的美好，甚至毁掉了自己原本也年轻漂亮过的脸。这对女人来说再可惜不过。

又跟我提才华对不对？自己的房间乱成了猪窝，自己的生活过得黑白颠倒，自己的感情生活充斥容忍、苦逼的时候，你所谓的才华就是一种"装"。读过书不代表你就有了文化，拿到学历不等同你就有了教养，我之所以一再强调颜值和外在，是因为你们比我更忙，忙到根本没耐心去看到别人的外在，却要求别人能一眼就把你奉若珍宝。

能够长久地坚持一种好习惯是最难得的，如果你单身，发现身边有这样的男人或是女人就千万别放过；如果你已婚，那这样的好习惯就一定会为你加分，而细节更能看出一个人的品质。

看到这样一个故事：女孩和几个朋友结伴黄金周出行，车开上高速公路没多久就被堵了个水泄不通。一晃两个小时过去了，周边不论司机还是乘客都纷纷下车，抱怨谩骂连天，女孩车上的其他三个人也是如此。唯独开车的男孩自始至终没有只字怨语，还不时说个笑话调节气氛，很照顾大家的感受。

半年后女孩嫁给了男孩，她说："大家都忙在浮躁又焦

女人最可贵的才华是像男人一样思考和工作，
像女人一样享受生活和情感。

虑的时代里，他身上流露出的淡定修养是最令人心安的温暖与力量。"

你不能认真洗熨衣服，就谈不上什么品位时尚，也不能好好吃饭睡觉养好身体，美貌、身材、好皮肤就都和你无关；更不能收拾房间让家有家的样子，那爱情、婚姻、男人也不会让你拥有想要的安全。

以前和现在我一直都认真做饭注重健康饮食，不熬夜不碰烟酒，每天多喝白开水至少睡足八小时，保持适合的体重不暴饮暴食。我这么做了好多年，就渐渐成了一种习惯。当身体健康成了我最重要的目标，也就顺带着有了一张不那么容易老去的脸。

我不再觉得工作辛苦，它可以赚到钱让自己慢慢过上更有品质的生活；不努力就会一直缺钱，太缺钱就会失去信心与勇气。我也不觉得做家务是种活，更没有什么值得抱怨的，因为这也是生活的一部分；柴米油盐里飘着的美食的味道，养胃也可以养心。

有钱的时候就去看看外面的世界，能走多远就走多远。见识了山川湖海的美好与广袤，心里就存下了善意与豁达。钱不多就宅在家里，做饭洗衣看书聊天，这样的日子也不会觉得无趣，反而是享受生命中最自由的时光。有了这样的一些好习惯，你就能得到更多的爱。

　　有时候我们觉得疲惫痛苦都是因为小题大"作"。除了一张不漂亮的脸，或是不受待见的身材，自己身上还没有可圈可点的任何好习惯，"作"都作得没人搭理又没人心疼，于是全变成了矫情。撒娇不成就撒泼的女人在生活和职场比比皆是，究其原因，你看不清自己，就更看不懂别人。

　　女人最可贵的才华不是学历和薪金，也不是善解人意和勤俭持家，而是像男人一样思考和工作，像女人一样享受生活和情感。我们有自己的山川湖海，也能安于厨房与爱。

　　这些年，你有没有坚持做过一件只为自己好的事情？你有没有在渣男身上浪费了太多时间？你有没有想着去改变过自己？太多的女人选择在乱糟糟的家里为男人和孩子枯萎，却不敢在外面的世界里拼尽力气为自己搏一把，生活真的有无数种可能。

　　幸福的女子即便安于厨房与爱，也从未放弃过自己的山川湖海。

_鬼脚七

三轮车

When
We Meet

人生中所有痛苦的事情，
总有一天我们都会微笑着讲出来。

　　写下这个标题后，我不知道该如何开头。动笔写了几次，我不太满意，都删除了。这个开头虽然不算很棒，但能真实地反映一个人的内心活动。之所以不太满意，是因为我不只想告诉大家我买了一辆三轮车。

　　我最近确实买了一辆三轮车，每天接送孩子上下学，偶尔也开着去和朋友见面喝茶。其实这种电动三轮车主要是给老年人代步用的。因为它速度不快，最高时速只有30km；能开的距离也不远，充满电最远只能开50km；外表也不漂亮，有朋友说像残疾人用车。

　　但这辆车，用来接送小朋友上下学再好不过了。不怕下雨，不怕堵车，不用找停车位。最关键的，一天能节省大约两个小时。

有个七星会的朋友碰见我开三轮车，开玩笑问："七哥，开三轮车怕不怕别人笑话？"

多好的问题啊！它唤起了我一些回忆。我想起自己跟三轮车有关的两个故事。

第一个故事，是关于初恋的故事。

1996 年，湖南发大水，老家房子被淹了，父母不得不到县城找点事情做。那时县城没有出租车，只有三轮车用来拉客人，县城人给它取了个好听的名字：慢慢游。我爸就有一辆"慢慢游"。

寒假期间，老爸身体不好，于是我就替我爸开慢慢游。每次上车两元，不分远近。县城不大，一天能挣五六十元，交完份子钱，还能剩三四十元吧。

当时我不到二十岁，干这种营生，觉得很不好意思。我想，戴个草帽穿旧一点的衣服，别人应该也认不出我吧。

一次，上来两个客人："慢慢游，去水仙街！"

我一眼就认出其中一位是我高中同学，他没考上大学留在县城了。当时他应该没认出我来，只是一路上我很纠结：认还是不认？这是个问题！犹豫了很久，等快到目的地时，我下定决心了：一没偷二没抢，我有什么不好意思的？

我说："你不是 ××× 吗？"

他很吃惊："是你啊！大学生怎么干上这个了？"

我淡定地说："体验生活体验生活！别给钱了，同学还要什么钱？！"

还有一次，在一个菜市场附近，上来一位有点眼熟的阿姨。等我快把她送到家时，才记起来她是我高中同学的妈妈。难为情的是后来她也认出我了！我不肯收钱，她非要给钱。后来我把车停在一个没人的角落，默默地流泪。那位同学是我初恋女友，她就是女友她妈。

穷人家的孩子有很强的自尊，同时也很自卑。那看上去淡定的外表，其实十分脆弱，一点就破。

第二个故事，是关于农民工的故事。

1998 年，湖南还是大洪水，整个经济都不太好。父母从县城搬到了岳阳市区，租了个小房子。自从我上大学以后，父母身上最重的任务，就是为我赚学费和生活费。

他们凌晨三点多起来做八宝粥，四点左右老爸蹬个三轮车，把我妈和一桶八宝粥带到蔬菜批发市场。我妈在市场里卖八宝粥，满满一大碗加上白糖，卖一块钱，一早上能卖一二十碗。我爸帮别人搬菜。放暑假回家，我会戴个草帽，蹬着三轮车一起去干活。

菜市场的小菜贩喊："三轮车，过来！"我就会赶紧蹬着三轮车过去。要是去晚了，别的三轮车会过来抢生意。我帮他把菜从大卡车上搬下来，放在我的三轮车上，然后运出菜场。距离不远，一般两三百米，收一块钱。要是菜特别多，要收两块钱。如果送到菜场外面的某个地方，那就需要单独谈了。最远的一次，我拉了一满车菜，蹬着三轮车走了五六公里。有个桥上坡骑不上去，我下来一步一步地推着走。最后他给了我十三块钱。这种长途只有在要结束的时候才会去做，否则不划算。

每天早上四点左右过去，大约七八点就结束了。一般一早上能挣二十来块钱，不用交份子钱；偶尔给菜市场的老大买包烟就好，一包白沙五块钱。

头两天觉得不太好意思，后来就习惯了，感觉还不错。因为根本不可能碰到认识我的人。

这两段经历，年轻时觉得挺痛苦，但现在知道那是宝贵的财富。我现在相信，人生中所有痛苦的事情，总有一天我们都会微笑着讲出来。

我真没想到现在又开三轮车了！

如果你问我会不会担心被别人笑话？说实话，我没想过这个问题。我想，假如别人真的笑话我，那也是别人的问题，不是我的问题。

三轮车我开了几个星期，没发现有人笑话我。倒是有人用汽车喇叭嘀过我，那也不能怪人家，是我有时开得太慢，挡了汽车的路。我也嘀过人家，遇到堵车的时候，有人开车把整个非机动车道占了，后面很多电动车、自行车都被堵住了，大家怨气很重，我也按喇叭表示不满。我三轮车的喇叭也挺响的！不过从那以后，我开汽车再也不占非机动车道了。

我不担心别人笑话我，但不知道闺女会怎么想。一天，我还特地问她：

"豆豆，你喜欢爸爸开三轮车接你，还是开奔驰车接你？"

"三轮车。"

"为什么？"

"三轮车空气好，环保，还不堵车，比他们都快！"

放学的路上，豆豆经常会在三轮车上兴奋地和她同学打招呼："魏子淇！傅宇昊！祝贺！安康……"估计她觉得特别好玩儿。

我很开心豆豆能这样。但愿我们那一代人根深蒂固的自卑感，在他们这一代人身上不再存在。

我遇见你，
我记得你

 _王东旭

When
We Meet

如果有来生，
希望每次相遇，
都能化为永恒。

1

2006 年，母亲离开才落脚不久的小镇，跟着几个亲戚到另一个城市打工。她走时桑树的叶子还没有长全，回来时，树枝上已经挂满了白色的雪。近一年的时间，我都被寄养在同院的邻居家里，说是寄养也不对，因为我只是在他们家吃饭，母亲临走时付了一年的伙食费。虽然仅仅是吃饭的时候与他们见面，但日积月累，他们也开始讨厌我。我并不是一个讨人厌的孩子，所以我至今不知道发生了什么才使得他们挤对我，由于我还没有强大到能够心平气和地书写那段历史，所以在这里就不赘述。

故事直接从那年暑假开始说起。为了逃避那个院子，我托亲戚把我安排到了一个蒙古风格的饭店做暑假工，赚些钱，等我母亲回来。

那是一个鱼龙混杂的饭店，老板在一片被铁丝围起来的蒙古庄园里经营着各种生意。我刚进入饭店的时候是一个资历很浅的传菜员，受了些必要的欺凌，被大一些的同事打过一次。他们把我逼到一个墙角说了些难听的话，乱拳砸到我的脸上，我的鼻血止不住地流了下来，他们还抢走了我从白酒盒子上撕下来的兑奖券。面对这样的境况，我没有高声地叫喊，也没有想过要报复，因为我是一个没有任何靠山和保护的毛孩子。最重要的是，即使这份工作再难挨，我也需要做，因为我真的没地方可以去了。

后来再想起来那时的事，我庆幸自己是幸运的，因为我只挨过一次打。等到第二次他们几个人把我围在墙角要抢我的奖券的时候，有一个女人救了我。她用很尖的皮鞋头儿踢了那几个人的屁股，还用手里的香烟戳他们的衣服，给他们每人的袖子上都留下了一个烟头印。

那个女人把帮我夺回来的兑奖券整理了一番，放在了我的手里，然后她用自己的手帮我把因为惊吓而流出的鼻涕擦了一遍。我看到了一双不怎么嫩的手，指甲上涂抹着黑色的指甲油。我突然在不应该哭泣的时刻泪流满面，身子随着呜咽而轻轻抽动。她又用手摸着我脏兮兮的头发，而我不能自持地哭得更加厉害，有些莫名其妙。

如今回想起来，我能够理解十几岁的我为何那样哭泣，因为一种久违的熟悉的温暖。那种温暖让我终于能在混乱、庞大的蒙古饭店有一丝安全感，就像我母亲还在的时候，我做噩梦吓醒，她用大手轻轻拍着我的肚子的感觉。

那时，我才知道这个有着温暖大手的女人就是人们说的宋姐。

之后，我便与她熟识起来。

2

我记得那天我服务的包厢是四号，因为是最大的一个包厢，所以不出意外可以拿到小费。宋姐给值班的经理打了招呼点名要我。那天四号包厢的服务员是荣荣，一个比我还小的姑娘，她也才来不久，之所以能被安排进四号包厢服务也是因为宋姐。荣荣母亲死后不久她便被父亲带来城市打工，宋姐待她也极好。

绝望中伸过来的一只手，
不能翻云覆雨，却能暖透人心。

那么大的一个包厢，就坐了四个人，三个男人分散地坐着，宋姐坐在靠近窗户的位置。她的两条腿并拢着斜到身体左侧，右手支撑着上半身，整个人像是一条游完了泳的美人鱼一般半躺在木炕上。我不知道性感是什么，但我知道那个姿势很美，尤其加上一支被她用手指玩弄着的香烟，它有一缕灰色的烟升起来，又被宋姐用一口气轻轻地吹在坐在她旁边的男人的脸上，一次又一次。

从那一刻起，我才真正理解了宋姐的职业。

我记得我端着最后一道菜进入包厢的时候，整个屋子的气氛都比较尴尬，服务员荣荣站在一旁不知所措地拽着衣角，见我进来，看了我一眼，然后落下了眼泪。

桌子上放着一张红色的钞票，上座的男人拍着钞票示意荣荣坐到他身边去。等我进了那间屋子，那男人又从黑色的皮包里掏出一张钞票，他又拍着钞票示意我把桌子上的白酒喝掉。那是一个透明的分酒器，里面装的是超过 50 度的白酒，我没敢出声，低下了头。

我见过太多这样的事情，很多女孩儿会当着我的面坐过去，然后任人摆布，如果有些男人用力大一些，那些姑娘也会发出几声呻吟。

于是，等到他第二次拍打桌子并且有点生气的时候，我不知天高地厚地用力瞪了他一眼。

"张总，他们还小！"宋姐玩弄着那男人的领带。

他非常高大，甚至还有些臃肿，当他站起来的那一刻我突然有一种被压迫的感觉。我看到他非常镇静地拿起桌子上放着的分酒器，就在我不注意的时候抓住了我的领口，用力地拽了一下。我有些讨厌当时的自己，因为我没有反抗，而是落下了眼泪。他松开我的领口又迅速地用那只大手捏住了我的嘴，用非常大的力气把我的嘴从紧闭的状态捏得露了一个小口。我感觉到了疼痛，粗重的呼吸从那个被捏出来的小口当中呼了出来，声音更大了，我的眼泪更多了，恐惧也更多了。我眼睁睁地看着他用另一只手把透明分酒器里的白酒倒进我的嘴里，被我吐出来，然后又倒在我的脸上，流到了脖子上、肚子上。我似乎有点绝望，只感觉嗓子灼热得厉害，呼吸困难。

我已经瘫坐在了地板上，看到他拿着剩下的酒走向荣荣，当他攥住荣荣领口的时候，荣荣发出了刺耳的哭声，那哭声凄厉又让人心疼。

宋姐也从木炕上站起来了。我从蒙眬的眼睛中看到宋姐的妆已经花了。她有些蹒跚地走到我们的面前，用尽全力地把那男人的衣服拽住，他被甩到了炕上，被宋姐吓住了。

我和荣荣仓皇而逃。

包厢里的灯，灭了，说话的声音也逐渐小了。我和荣荣坐在包厢外面的台阶上，躲藏着，呼吸的声音显得很粗重。那时候，我已经懂得男女之事，所以当宋姐发出一声令人不舒服的呻吟的时候，我心里泛出一丝恶心，看向荣荣，她已经捡起一块不大的石头，递给了我。我没做多少思考，用力地将玻璃敲碎，瞬时听到包厢里一阵手忙脚乱，灯亮了。而我与荣荣已经躲藏在了厨房里，给土豆削着皮，装作什么都没有发生似的。

那晚快要睡觉的时候，我被宋姐从宿舍叫了出去，她身边还站着荣荣。宋姐的手里提着一瓶啤酒，她拿起啤酒瓶，问我喝不喝，我说喝。她用手指在我的额头上点了一下，骂我小小年纪不学好，说笑之间，也让我喝了一口，一个激灵，啤酒很苦，并不怎么好喝。

宋姐拿出了两张十块钱的纸币，我和荣荣一人一张，她说是因为我们今天服务得好，老板们给的小费。我和荣荣什么都没有想，收下了。那是我第一次得到小费，还是 10 块钱。

蒙古庄园的路灯晚上也亮着，光虽然不强，但是能看清我身前站着的这个女人的模样。眼窝深陷，鼻子小巧但是还算挺立。虽然画了浓黑的眉毛，但是眉毛上还能看到新鲜的伤口，已经开始结痂。我还在她的嘴角那里看到一片瘀青，颧骨的位置也有。再往下看，我看到宋姐的裙子被扯开很大的口子，有一块布耷拉着。

我把注意力再一次集中在宋姐的样貌上，在那样的灯光下面，我已经忽略了她脸上所有瑕疵和伤口。在那一刻觉着她很漂亮，就是一种很有母性并且能让我这个怕生的小男孩儿感到安全感和温暖的漂亮。

3

农历的七月十五，也就是俗称的"鬼节"，算是一个可以家人团圆的日子，但我的母亲还是没有消息。蒙古庄园为了吸引客人，在挺大的广场上点起了篝火，整个广场都变得灯火通明，歌舞升平。那一片乱景之中，有一个破沙发，原本红色的沙发不知道怎的在火和灯的照射下竟然成了棕色，而且还一闪一闪的，它上面坐着两个人，荣荣和宋姐。

宋姐是坐在沙发的垫子上，荣荣则坐在扶手上，她的半个

爱在一饭一粥间，
虽然悄无声息，
却细水长流。

身子依偎着宋姐。那是我第一次那么真切地理解依偎的意义：两个女人，就那么靠在一起。一个是服务了几十年男人、没儿没女的老女人，一个是家境窘迫没有母亲还受尽顾客刁难的小女人。老的那个弹着烟灰，小的那个看着老的弹着烟灰。荣荣很费力地摆着某种姿势，力气一直用到了脚指头。我看到荣荣的手被宋姐握着，就是极其自然的一种姿态，我突然有了一丝感动，感动于荣荣的神情，满足而且幸福。

我终于看见宋姐在向我招着手，她示意我也坐过去。我几乎没怎么思考，径直走过去，坐在了地上，宋姐牵起我的右手放在了她的腿上，再用她的手握住。我们眼前是跃动的篝火火苗，还有被火苗光亮创造出来的舞动的人影。宋姐让我和荣荣看那些乱七八糟的舞姿，我们都被逗笑了。

差不多三个月之后，我要离开庄园回到学校上学，宋姐也决定带着荣荣离开庄园生活。没人知道她把荣荣带去了哪里，也不知道她们做了什么。

从我们那个庄园到柏油路还有一段距离，一条石子路混着虚蓬蓬的黄土。我从宿舍跑出来，看到荣荣和宋姐已经上了一辆车。那辆飞驰的桑塔纳很快就扬起了一阵黄土，弥漫在空气中，又慢慢地落定。土路两旁是密密麻麻的绿草，绿草之间也还有五颜六色的无名小花，他们随着汽车带动起来的气流而摆动着。

宋姐从车窗里探出头，瞬间头发被风吹得很散乱，她朝着我的方向喊叫："东旭，我过几天再来看你，你别哭。"

我听过太多的"我过几天来看你"这样最容易被人接受的告别方式，而我也认为，宋姐也会和别人一样，我们不过是彼此人生中的一个小点。即使很有光亮，但它毕竟仅仅是一个小点而已。

第三天，我生命中的那个小点又真的出现在了我的面前。她给我拿来了一部二手的诺基亚手机，就是那种最原始的款式，被人们称为"皮娃娃"。宋姐已经帮我收拾好了所有的行李，她要送我回家。

我家里的钥匙放在邻居家，我们去他家拿回钥匙。宋姐帮我掀开防止苍蝇进屋的门帘，然后推开暗红色的门。邻居阿姨坐在小板凳上，用搓衣板洗着衣服，我看到旁边的盆子里泡着她孩子的校服和书包。她认识宋姐，即使是不认识，从宋姐的衣着以及梳妆上她也能判断一二。

她继续搓洗着衣服，没有给宋姐泡茶，也没有问我是否吃了饭。宋姐搭腔夸了几句我在蒙古包的表现之后，她回复了一句："在那样的烂地方，什么不三不四的人都有。"

宋姐呆立了一会儿问她："看东旭还需要些什么？或者要不要留下些伙食费？"

"你再给我们家带这些不三不四的人回来，你也就别再来了，听到没有！"声音巨大，完全震惊了我，那话是说给我的。

于是，宋姐一句话没说就走了。我是个还要靠邻居女人过活的小孩儿，我不敢哭更不敢出去送一送宋姐，我用我的手掐我的大腿。我从很脏的玻璃望出去，看到宋姐的长头发和高跟鞋，她回过头来，向我招手，留下了一个特别美丽的微笑，那个微笑似乎是在说着什么，意味深远。

宋姐给我的手机我用了好多年，最后也不知道被丢在了哪个阴暗的角落。

从那之后，宋姐也就真的成了一个记忆。

4

在那之后的很长一段时间里，我曾经听到过许多关于宋姐以及荣荣的消息，大多都是不怎么好的。我也曾因与她们有了生命的交集而被不懂事的同学耻笑，但我从未感到羞耻，我知道我曾从她们身上获取过价值昂贵的东西，我也曾一次次地设想我与她们再见时的情景。

再一次见面是在十年之后。

我小心翼翼地注视着站在酒店台阶上的女人。她那张被劣质油粉覆盖着的脸，双下巴的沟壑边沿儿上的油粉没有搽均匀，黑一块白一块。右嘴角的下方是一颗没有被盖住的痣，左脸眉毛上有一个两厘米长的伤疤，说话的时候，还能看到几颗镶金的牙。

宋姐变成了一个臃肿的妇女，虽然头发还是黄色，脸上的油粉也还是那么厚，但老了终究是老了。

我呢？我也已经不再是以前那个在肮脏饭店里打工的小男孩，也不再是那个敏感脆弱任人欺辱的小男孩儿。我已经大学毕业，有着收入不错的工作，偶尔还写一写文章，过着体面的生活。

而当我们两个人再一次相遇都情绪激动的时候，我想我们所激动的对象并不一样。她在激动甚至是哭诉匆匆岁月在她身上留下的痕迹，她现在通过打扫厕所来维持生计，突然见到我，回想起曾经的日子，也因为看到我，或许想到了曾经在很多个时间段中，她真心真意地疼爱过很多个无助的孩子。而我，则是像那些孩子的代表一样站在了她的面前，高大健康，衣服干净，于是，她想哭一哭。

那我呢？我突然想起，她曾经在刁蛮的顾客面前解救了我很多次，给了我人生中的第一张十块钱以及新衣服，还让我在最无助的时刻坐在她的身边，看着篝火与跳舞的人，最重要的是她在我最艰难的时候充当了我最需要的母亲的角色。于是，我也内心激动，但我没有像她一样掉眼泪，毕竟已经是一个挺拔的男人。

宋姐把我带到她的宿舍，是一间十几平方米的房子，盆盆罐罐摆得到处都是，一张小床很是整洁。她忙活着给我洗一些水果，我拿起床头柜子上摆着的一张相片，是宋姐和荣荣的合照，年代久远。

宋姐告诉我荣荣自打离开蒙古庄园就成了她的干女儿，她只让荣荣当服务员，没有做过任何不光彩的事情，她希望荣荣能嫁一个好人家，不愿意荣荣因为她的名声而嫁不出去。于是她自己远走他乡，到过陕北、西安再到华山，完完全全靠着自己的体力养活自己。说到这里宋姐再一次有些激动地哭起来，坐在了我的身边。她告诉我荣荣的境况：生了孩子，夭折了，现在正打算生第二个。荣荣还开了一家超市，生活还算安稳。

"311退房，你去查房，把卫生也打扫了！"楼下传来宾馆老板的吼声。

这个"你"指的就是宋姐。我站在311房间的外面看着宋姐工作。她戴着手套，没戴口罩，把客人用过的避孕套从地上捡起来再用卫生纸包裹起来丢进装垃圾的袋子，她把床单和被套都换下来，我要去帮忙，她推开了我。她把厕所的垃圾袋子拿了出来，一股恶臭袭来，然而我没有恶心唯有难过，她又因为腿脚不便而只能跪在马桶旁边擦马桶，看不到脸，却能看见一头花白的头发。突然，我有些抑制不住地难过。

我还记得那个抽着烟喝着酒穿着高跟鞋的她，我也记得她的妆容，还记得她教训过欺负我的大人和小孩儿。那样一个善良又生活复杂的女人，此刻，跪在一个马桶的旁边，神情自然，呼吸顺畅。

宋姐结束工作之后，我们坐在附近的一家羊肉泡馍馆子里吃了一顿泡馍。我给她的那份里加了肉，饭钱我抢着付了，宋姐又快要哭出来了，我劝她别哭，好好吃馍吃肉。

时间带走了很多，
包括记忆里熟悉的那些人。
可是，我遇见过你，就永远都记得你。

我和宋姐之间或许并不适合做过多的承诺，甚至当我要她的电话的时候，她都没有告诉我。她只是说，你如果下次来华山时再来找我，我在的话那是最好，如果那时候我不在了，去了别的什么地方或者是死了，那也是最好。

　　一个经历了那么多是非恩怨、情感纠缠的女人，对于人世间的所有情感已经看得如此通透。我想说些什么，但是也好像并没有什么话比她说的更真实，更有分量，于是什么也没有说。

　　"姨，我走了，你照顾好自己！"我第一次叫宋姐为姨，她拼命地点头，往我的怀里塞了一个黑色的劣质塑料袋，她说："我没钱，这些是我偷偷攒的，你拿着。"

　　眼前的树木没有完全绿起来，田地里的庄稼也还没有生长开来，这所有的一切都因为快速行进的高铁列车而变得不那么清晰，我也便不那么用力地聚焦。我的耳朵被一个低音很棒的耳机覆盖着，蔡琴的《渡口》鼓点很重，敲得我一颤一颤。

我打开宋姐塞给我的黑色袋子，里面有很多小袋包装的一次性洗头膏和沐浴露，还有小管的牙膏，再有就是几瓶饮料和十几根火腿肠。

5

前几日，我有机会再到华山办事。我来到宋姐工作的那个酒店，宋姐已经离开很久，并且没人知道她去了哪里。

这一别，也不知道有没有机会再见。●

_周文慧

时 间 的 胶 囊

When
We Meet

在渐荒的岁月里，
她们都在用自己的方式告别。

正月初二，杠子街大雨。

雨下了一整天，滴滴答答，节奏稳如墙上的钟。我在床边收拾着行李，妈推门进来。门开的一刹那，冷风卷动起裤脚，湿气携裹进凉寒，我不禁打了个寒战。

"明天就走了，不去看看你姥姥？"妈说。

姥姥家就在街西，与我家相距不过半条街，然而我这次回来，适逢家中变故，并不想见任何人，姥姥这边，也只是叫小妹送些钱去，略表心意。

"不想去，"我抬起头，冲我妈一笑，"姥姥还是那样么？"

妈说："现在已经不认识人了，也不会说话了，你不在的时候，我每天晚上过去坐一会儿。"

"她现在还认识你吗？"我问。

"不认识。"

"也不能说话，也不认识你了，那你去了干什么呀？"

"什么也不干，就是坐在那里陪陪她呀。"

我有点愣怔，妈站起来，说："走吧，去看看，再回来也不知道是什么时候了。"

等我们深一脚浅一脚地举着灯过去，天已经全黑了。姥姥家是平房，门廊并没有亮灯。小妹叫着"姥爷姥爷"，好一会儿，才听见"吱呀"一声门板响，姥爷开了门。

他们正在吃饭，为了省电，偌大的堂屋只有角落里挂了只灯泡，周遭的光明十分有限。姥姥坐在门后的竹椅上，左手托着一只搪瓷大碗，右手笨拙地拿着筷子，正费力往嘴边送着些什么。见我们进来，并不应声，只津津有味地咂摸着嘴，我仔细一看，那筷子一端什么都没有。

小妹走过去，喊"姥姥，姥姥"。

她抬起头，看了我们一眼，便又迅速低下头去。

小妹说："姥姥，姥姥，我大姐来看你啦。"

她顺着小妹的指引把目光转向我，脸上慢慢起了笑，一边笑，一边点头，嘴里咿咿呀呀吐着含糊不清的音节，口水溢出嘴角，像个牙牙学语的孩子。

　　我与姥姥之间，本无深刻的感情。

　　她重男轻女，儿女五个，又是四女一子，因此将全部的爱与心意都放在儿子、孙子身上，对于其他女儿、外孙女们，都不甚关心。幼年常听妈讲姥姥的故事，讲那些艰难的年月里，四个姐妹劳作不休，却要把那最好的饭菜让给舅舅，讲她早早辍学补贴家用，好不容易做工攒下一点积蓄，却被姥姥悄悄拿去送给舅舅结婚。

　　时隔多年，妈讲起这些来，却好像是在讲别人的事情，目光平静。

　　而我的记忆里，姥姥从此便形如一个凶悍可恶的女人。重男轻女，暴躁易怒，会站在街口举着把菜刀把邻居骂得鸡飞狗跳，仅仅因为对方拔了她三棵蒜苗。

　　实在没想到，回来了，见她，胖胖的身体坐在竹椅里，面目慈祥，笑着看我，"回来啦！"她说。

　　跟我想象的久别重逢实在不同。

　　姥姥家有很多竹椅，我们回乡定居这些年，记忆中的姥姥，一直是坐在那把竹椅上的。

　　她身材宽阔，坐下去，便如一座山丘，轻易不挪动。逢年过节，我们去看她，开始她还站起来，笑意盈盈，吃饭时胃口也好，满满的一大碗饭，不声不响便吃下去大半。吃罢饭，妈带着一众姐妹刷锅洗碗，男人们在院子里簇拥着姥爷喝茶聊天，她一个人安安静静坐在远处，像是在打盹，又像是在走神。

要一直走到她面前，摇着她的胳膊，喊"姥姥，姥姥"，她才反应过来，好像突然从梦里惊醒，定定地看着眼前的人，然后笑了，说"坐呀，坐"。

搬了竹椅坐在旁边，她却重新回到自己的世界里，问她最近好不好，她说："好，好。"再多问两句，便不作声了，只是和气地冲着你笑，说："好，好。"

她不喜欢出门，也没有什么爱好，姥爷喜欢出去打牌，她长日一个人留在家里，洗洗涮涮，完了，就坐在门廊旁的竹椅上，呆呆地看着前方，一坐便是一整天。

漫长的时光里，她一个人活在自己的宇宙中，我们却都不以为意。

我们都以为她的安静是源于孤独，而孤独是她这个年纪的人生活的常态。儿女大了，像鸟儿一样一只只飞出去，衔草含泥，筑起了自己的巢穴。而她守在旧日的门廊里，一坐便是春

　　姥姥记忆的齿轮已经开始被时间悄悄侵蚀，
像久未远航的船，在日复一日潮湿的海风里，
　　　　　　慢慢生出了铁锈。

秋四季。

很多年后我常常会想起，那样一个个昼夜轮转的日子，姥姥一个人就那么沉默地坐在时间的转盘中。她孤独吗？她寂寞吗？她的脑海里会像过电影一样一幕幕闪回着往事的镜头吗？她的血液里还有热度吗？她的内心还有感情吗？她还能感受到我们对她的爱吗？还是说其实她早已经放弃了这些，只是单纯地在时间的静寂中享受着日复一日的空白和安宁？

我不知道。

年少的我一直对她充满好奇。她儿孙众多，我们曾是被边缘化的一支，多年来只有血缘上的联系，甚少情感上的交流。"姥姥"两个字对我们来说，更像是对妈妈的一种尊重，而非发自内心的称呼。我甚至怀疑，出了大门，她未必认得我的身影。

谁也想不到，小妹出生的时候，她突然来我家。

不知道她从哪儿得来的消息，一个人颤颤巍巍地迈着小脚，走了几里地小路，挎着个竹筐来了。筐子里放着一小卷花布和半筐红皮鸡蛋，循着镇上的习俗。我们都很惊讶，尤其是妈。

妈叫她，"妈，你来啦。"

"我来看看小毛妮儿。"她说。

那时她的病还不严重，人也只是不爱说话，然而她坐在床边，看着小妹的脸，温柔一笑那个瞬间，像个，真正的外婆一样。

妈妈生完小妹，得了一种奇怪的病，求医问药，怎么都不好。病不大，却很折磨人。家里聚会的时候说起，大家讨论了各种偏方，最终无果。我们说的时候，她就在旁边，一如既往安安静静地坐着，并无言语。

然而当天夜里，姥爷焦急地来到我家，说是姥姥不见了。

我们四下寻找，那是夏天，星河低垂，蛙声明亮，找到她的时候，她正一个人跪在村外的荒野上烧纸，口中还念念有词。

带她回去，她神情严肃地看着妈妈，说："我已经问过了，你明天就能好。"

从那以后，姥姥再没出过家门。

越来越长的沉默，越来越长的睡眠，越来越笨拙缓慢的举动。有时候她站起来，想要做点什么似的，然而站起来的那一瞬间，就忘记了，只好，摇摇头，再重新坐回去。刚洗了一半的碗就丢在水池子边，她一个人呜呜地哭，要找舅舅。

我们去看她，推开虚掩的门，走进去，看见姥姥一个人坐在竹椅上，嘴里念叨不休，声音很大，脸上因为愤怒涨得通红。我们听了好一会儿，才听清楚。

她在骂人。

而她对面，一个人都没有。

"阿尔茨海默症，"医生说，怕我们听不懂，又补充了一句，"就是老年痴呆。"

这病，是时间在通往终结的路上早已布好的迷宫，姥姥进去的早，我们发现的时候，她已经习惯了迷宫里的世界，无论我们在外面怎么大声呐喊，她都不出来了。

我忽然想起，十几年前我们全家从遥远的北方回到老家，那是我真正意义上第一次见她，我叫她"姥姥"，她回之以热情的笑容："回来啦？"

我说："你知道我是谁吗？我是文慧呀。"

她说："知道，知道，文慧，我知道，不就是东边大脚的女儿吗？"

大家便笑，全以为她外孙女众多，我又多年不见，自然便忘记了。

谁也想不到当时的姥姥，记忆的齿轮已经开始被时间悄悄侵蚀，像久未远航的船，在日复一日潮湿的海风里，慢慢生出了铁锈。

后来，她连妈妈也不认识了。冬天里，两个人在厨房烤火，妈妈把她的衣服理好，而她抬起头，眼睛里却是不安与恐惧。

我听见她对妈妈说："你是谁？为什么要来我家？"

妈妈说："我是你女儿，我是你女儿敏敏啊。"

她说："敏敏是谁？我不认识。"

妈妈说："敏敏是你女儿啊。"

姥姥说："敏敏是我女儿，那你是谁？"

她们两个人绕来绕去，妈妈一遍一遍回答她，"我是你女儿啊，我是你女儿敏敏啊。"那时候我不懂，不明白妈妈为什么每天吃完饭都要去姥姥家，陪她坐坐，说说话。直到姥姥不能说话了，嘴里发出的只是呜呜不清的含混音节，人也在八十多岁的年纪，重新变成了婴儿。而妈妈依然坚持每天吃过晚饭走过去，陪她坐一会儿。

不能说话了，就坐一会儿，什么也不说，什么也不做，就是坐在那里陪陪她。

原来，在渐荒的岁月里，她们都在用自己的方式告别。

"姥姥，我走啦。"我说。

她抬起头来，浑浊的眼睛里忽然滚出大滴的眼泪，嘴里激动地说着什么，然而发出的声音依旧是呜呜咽咽，毫无意义的音节，我突然间觉得很难过，姥姥就要以这样难以被人理解的方式走过人生最后的路了。

而妈妈在旁边，温柔地说："你看，姥姥在和你说再见呢。"

安 放 好 一 颗 心

_向暖

When
We Meet

我们都是普通人，

我们得安放好这颗心，

才能看清自己到底想要什么样的生活。

1

我最近有个疯狂的念头，我要骗李栋梁跟我离婚。

我曾经跟李栋梁正儿八经地提出过离婚，可是他觉得我在开玩笑，不搭我的茬儿。我言辞激烈跟他说离婚，他以为我是瞎闹腾，做出不屑于跟着我闹的样子。我的种种努力在他面前都徒劳无功。

离婚这事儿，我觉得如果诉诸公堂，动静未免闹得太大，再说，那样势必会影响到孩子，成年人的不堪，何必让孩子看到。

所以我打算骗离。

至于为什么要离婚，这是我早就想好的，绝非一时冲动。

我和李栋梁结婚本就是个错误，我们在一起每过一天，就加深验证这个结论。

先说性格吧，我热情、活跃、干练，李栋梁沉闷、呆板、无趣。

再说工作，我是业务员出身，没背景没后台，就靠着自己的一股子闯劲，敢打敢拼，拼出来不菲的业绩，现在已经做到公司高管。可李栋梁呢，他在他那所小医院，原地踏步，十年没往前挪一步。我觉得他的不求上进、安于现状源于他天生懒散。是的，结婚八年，我充分了解到李栋梁是个懒人。

接下来说生活习惯，我爱干净，有轻度洁癖，房间布置、家庭陈设、生活细节都要求完美。而李栋梁不爱干净，邋里邋遢，烫好的衬衣，穿他身上就显得皱皱巴巴。他做不到天天洗脚，还不爱洗袜子，拖地的时候从来涮不干净拖把，地拖出来一道一道的。衣服不分颜色放进洗衣机，总是洗花了。七年了，无论我怎么改造他，他都没有一点进步，可见底子有多差。

接下来说个人形象，三十岁之后，我很注意保养，坚持健身，穿塑形内衣，按时做面部养护，不化妆不出门，所以我至今身材没有走形，脸也保持柔嫩，看上去比实际年龄要小几岁。而李栋梁呢，三十五刚过，头发就变稀疏了，轻微谢顶；因为不爱运动，身材开始发胖，整天挺着个小肚腩，跟怀孕几个月似的。对自己的这个形象，他似乎还挺满意的，就打算这么一直不修边幅下去。我们一起走在街上，十分不搭；我现在不愿跟他一起出去，他这个样子让我掉价，公司有什么庆祝活动，我从来不带家属。

最重要的当然还是人生观价值观不一样。我的人生追求圆满，他的日子得过且过；我的追求在他看来是急功近利，他的不求上进已经让我忍无可忍。

我们一开始会因为意见有分歧吵架，后来我忙着工作，他忙着带孩子，连吵架的时间和力气都没有了；我们的婚姻，成了一潭死水。

当然，嫁了这么个人我是有责任的，我们结婚的时候太仓促，那会儿我年轻冲动莽撞，一时发昏跟着他走进围城，没想到后面的生活越来越让人失望。

以前我还能忍，可是随着年龄的增长我的耐受力反而越来越差了，我不想在自己还抓着年轻的一段小尾巴的年纪，跟这么一个男人过下去。现在，我们的发展已经完全不同步了，他被我远远甩在后面，并且不想追上来。而婚姻就像跳舞，你没有一个合适的舞伴，不是你跳快了，就是他跳慢了，要不就是他老踩你的脚，那还跳个什么劲呀。

我是个完全独立的女人，我能给自己买面包，还能给自己买房买车子，那我干吗要在我的房子里，放这么一个让我看着糟心的男人呢。

我想骗着李栋梁跟我离婚，办法我已经想好了；等到轻松把婚离了，木已成舟，我再提出绝不复婚，那时他后悔也晚了。

不过这是大事，我得找人商量一下。

我点开通讯录翻了一遍，忽然发现我竟没有可以商量人生大事的朋友。那些生意场上的朋友都是利益关系，觥筹交错的时候大家亲热得不行，回了家，跟路人差不了多少；不，还不如路人，路人不会跟你发生利益冲突，冷不丁捅你一刀。至于同事，不能完全交心，离婚这等事，更不能在她们面前提；她们当面给你出主意，背后是不是等着看笑话都难说呢。而当年的同学，少女时代的闺蜜，这些年也因为各自忙着工作家庭，早已疏远了。我很悲哀地发现，我原来是个没有朋友的人。

我放下手机，想了好久，终于想出一个可以商量事儿的人，那就是我妈。

我妈跟我一样精明强干，是个有主意的人；再说，自己亲妈，决计会实心实意替女儿打算的。

没想到我妈听了我的想法把我骂了一顿。

她说："好好的你抽什么风呢！放着好日子不过离什么婚呀！李栋梁有啥不好，不偷不抢，不喝不赌，对你又没二心，你干吗跟他离婚呀？"

我就奇了怪了，平时李栋梁在我妈嘴里一身毛病，又邋遢又平庸又笨，怎么我一说离婚，我妈就站到他那边去了。

我说："你说的这些是优点吗？只能说明他没犯罪。不偷不抢没出轨的男人多了，难道都是好老公？"

我妈用审视的目光看着我，"你说实话，你是不是看上别人了？"

我摇摇头。我妈盯着我看了一会儿，说："那就好。我知道你这两年工作干得好，看到的风景不一样了，眼界也高了。可是那些生意场上呼风唤雨看似很优秀的男人，在家未必就是好老公。李栋梁是闷了一点，没啥大本事，可是对你不错。最关键的，他是遥遥亲爹。亲爹你懂吗？也就是说，这个世界上没有第二个男人，会比他对遥遥好。为了孩子你也不能离婚。"

我心里不赞成我妈的说法，我说："光对孩子亲有什么用，当爹的要给孩子做榜样才行。就他那庸庸碌碌的样子，能对遥遥有什么好影响？"

我妈看我像铁了心似的，她也做出铁了心的样子，"你以为自己长得像二十八就真是二十八呀，你三十五了！你别以为二婚那么容易。我告诉你，你离了婚，再想找个李栋梁那样的，根本找不到。他可不一样，没准能找个二十岁的小姑娘。"我妈见我摆出"就他那样还找小姑娘"的神情，就加重语气说："你还别不信，你不把李栋梁当块咸菜，有把他当宝的。你要真离了，有你哭的时候。你别这山看着那山高，踏踏实实过日子吧。我呢，绝不会同意你离婚，你不许犯糊涂。"

我妈毕竟是六十岁的人了，传统观念根深蒂固，看来她一时之间不会想通的，我被她骂了一顿之后悻悻地离开了。

2

第二天上班的时候，我还在想着离婚的事情。我上司老田把我叫到他办公室，说让我接一下李珠留下的案子。李珠本来也是我们部门的骨干，跟我平起平坐，这几年拼业绩拼得很猛，可是因为三十四岁了还没生出孩子，家里催得急，现在辞职回家专心造人去了。她有几个案子没做完，老田让我接手。

老田说完工作的事儿，又跟我拉了几句家常。他说："我看你最近心情好像不太好，李珠辞职了，你工作量大了好多，要注意给自己减压。多吃水果，多运动，多买自己喜欢的东西，保持好心情。"

老田的笑容很温和，他一笑起来，露出整齐的牙齿，他没有抽烟的嗜好，牙齿非常白。我们背后喊他老田，其实他年纪并不大，只是资历比我们老。他不过比我大四岁，名校毕业，工作能力很强，也挺有人格魅力。他对工作的要求很高，但跟人交流起来彬彬有礼，甚至可以说很体贴。比如他刚才说的那些话，我就感到很贴心。

我最近有心事，脸上难免带出来，我老公都没注意到，老田却注意到了，这说明他真的是个贴心的人，我想做他的老婆一定很幸福。我望着老田那张比我老公看上去年轻五六岁的脸，忽然想，当初我为什么就没有抓到这样一个好男人呢。

我这样想并不代表我对老田想入非非，在公司我跟所有男人相处都很注意把握尺度。老田在工作上给我很多提点，我很感激他，也很佩服他。我只是在心里替自己委屈，为什么我找到的不是老田这样的精英，而是一个窝窝囊囊的男人呢。

从老田办公室出来我更加坚定了跟李栋梁离婚的决心。是的，我不甘心，我三十五岁了，好年华渐渐远去，我想过有质量的婚姻生活，我不想每天陷入温水煮青蛙的绝望。

纵然我爸妈反对，所有的亲朋都反对，全世界都反对，三十五岁的我也一定要疯狂一次。

晚上我下厨做了几个菜，李栋梁有些诧异，因为平时我们家都是他做饭。他翻开手机的备忘录看了一遍，今天不是全家任何一个人的生日，也不是结婚纪念日，于是就问我："你这是怎么了，太阳打西边出来了？"

"你平时太辛苦了，我今天正好有空，也做顿饭。"我手脚麻利地把饭菜端上桌。今天婆婆把儿子接到她那边去了，正合适跟李栋梁单独说事儿。

吃饭的时候，我跟李栋梁说："明年暑假，遥遥就要上小学了。"

"是呀，时间过得真快。"李栋梁还以为我要发感慨。

我说："我们当初买房子的时候，没考虑学区房的问题。虽说这房子面积不小，户型不错，周围环境也好，可是地段偏了一些，划不到好学校。遥遥要是上小学，只能上附近的乡镇

年轻时我们都渴望去看看远处的风景。

后来才明白，

远处的是风景，暖心的才是感情。

小学。"

"是啊，我找人打听了，现在交钱也不让择校，没有通融的余地。不过，其实乡镇小学也挺好的，咱们小区里的孩子不都在那儿上学吗。"

李栋梁就是这样，遇到解决不了的问题就将就，就得过且过。

我忍了忍心里的不满，语气平和地说："可我不想让遥遥上乡镇小学，我不想让孩子输在起跑线上。"

"可这也是没办法的事。"李栋梁说。

"其实办法还是有的。我爸妈的房子不是在重点小学旁边吗，那房子虽然老了点，可却是货真价实的学区房，旁边那所小学现在很多人削尖脑袋往里挤呢。我妈家离那所学校步行也就十分钟，遥遥要是去那儿上学，中午去姥姥姥爷家吃饭正合适。"

李栋梁说："这个我知道，可是孩子的户口按规定要跟着父母的，没法落到姥姥姥爷那边。"

"房子是死的，人是活的呀。"我说，"前段时间我曾经想过去爸妈那个小区买套房子，可是一时拿不出那么多钱，也不值当这么做。但是我想到一个办法，如果我们能开出无房证明，那遥遥的户口就可以名正言顺落到我爸妈那边了。"

李栋梁眼睛眨了眨，"这怎么可能呢，我们有房子，平方还不小，上哪儿去开无房证明呀？难道把房子卖掉？那我们住哪儿去啊？"

"这事儿我想过了，我们不用卖房子，只要办个假离婚就行了。"我终于切入正题了。

"假离婚？"李栋梁一副惊愕的神情。

我努力说服他："是这样的，你看，我们办个假离婚，孩子归到我名下，房子归到你名下，这样我名下就没有房产了，当然就可以开无房证明了，遥遥的户口就可以迁到我爸妈那儿去，明年暑假就可以名正言顺地去上重点小学了。"关于房子这件事我反复想过，为了离婚我愿意舍弃，反正我现在赚钱比李栋梁多几倍，以后有经济能力再买房子。

李栋梁想了想，马上否决了我的意见，他说："不行，这想法也太荒唐了，结婚离婚难道是儿戏吗？"

"这有什么荒唐的，你是没出去打听打听，现在很多人都这么做。当父母的为了孩子，什么不能牺牲？我们先办个离婚手续，等到孩子上了学之后，再复婚就可以了呀。"我极力说服他。

平常性格温吞的李栋梁这回却很坚决，"不行，我不同意，我们再想别的办法。"

"还能想什么办法呀，但凡有别的办法，我会想出假离婚吗？你放心吧，现在办离婚手续很简单的，都不用开单位证明，直接去民政局就行了。再说，只是个假的手续，遥遥一上学，我们马上复婚。李栋梁你想想，房子都放到你名下了，你有什么可担心的，到时候着急复婚的是我。对了，我有个要求，我们的存款都得归我，这样我心里踏；还有我天天开车上下班，车子也得归我。"我也在最大限度地保障自己的利益。

李栋梁还是不同意，他说："你不要脑子发热，想一出是一出，离婚不是小事，就算是假离婚也不好。遥遥上学的事，我们再从长计议吧。"

"别从长计议了，这种事得速战速决。遥遥户口要是迁晚了，能不能上重点小学还不一定呢。"我急忙打出感情牌，"为了遥遥，我们不能犹豫了，遥遥上学的事是头等大事，咱们就这一个孩子，为了孩子，要不惜一切。现在这个办法，是最简单省事成本最小的办法。"

李栋梁沉默了一会儿说："你让我再想想。"

接下来的一个月，李栋梁一直在犹豫。他企图说服我，可是我心意已决。我甚至威胁他，我跟他说，如果他不肯去办这个手续，孩子上不了好的学校，不光我怨他，遥遥长大了也会怨他的。

我不停给李栋梁洗脑，他终于动摇了，不过他说，想跟他爸妈商量一下。我说："千万别，爸妈年龄大了，观念很传统，肯定不会同意这种事。他们身体不好，不能受刺激，这事还是别拿去让他们闹心了。反正离婚是假的，我们悄悄离再悄悄复婚，到时候就像什么都没有发生一样。我爸妈那边，我也没打算说。"

李栋梁想了想，大约觉得也有道理，不过他似乎心里还有些不踏实，他说："董鹤，你不会是真想离婚吧？"

我一愣，马上笑了，"想什么呢？我要真想离婚，房子能落到你名下吗？这就是为了孩子上学想出来的权宜之计。"

他终于点了头。

我跟李栋梁去民政局把婚离了。

3

跟李栋梁离婚后两周，我带着孩子搬了出去。房子是租来的，早在办离婚之前，这房子我就看好了，面积不大，但是设施齐全，适合我们娘俩住；关键是离我父母家很近，如果我有事忙起来，他们还可以帮我接送一下孩子。

李栋梁也反应过来了，离婚后我对他的态度冷淡下来，他自然就有感觉了；而且我执意要搬出来，假戏真做的事实是瞒不过去了。

李栋梁找到我，他说："董鹤，你什么意思，这日子你真不想过了？"

我干脆说实话了，"对，之前我跟你提离婚，可你认为我在开玩笑，我没有办法，只好想出这一招。李栋梁，你难道没有觉得，我们早就不合拍了，无论哪个方面。我们在一起，彼此都很痛苦。"

李栋梁气得脸色发白。我了解他，他这个人无论是喝酒还是生气，脸都不会红，反而越来越白。他说："怎么痛苦了？我们没有什么大问题呀。我承认我不能事事让你满意，可是人无完人，谁能让对方事事满意呀？婚姻是需要忍耐的，如果有了一点问题就离婚，那天下还能有几对夫妻在一起过？"

他至今还在说我们没有大问题。是，我们没有惊天动地吵过架，但是一潭死水的婚姻比天天吵的婚姻更可怕。我说："你觉得没有问题，可是我觉得问题很大；你说婚姻需要忍耐，我也不是没有忍耐，我都忍了八年了，实在忍不下去了。"

李栋梁听不进去我的话，他情绪有点激动，"那你有没有想过遥遥？你头脑一热说离就离，孩子怎么办？"

我比他冷静得多，我说："现在遥遥还小，离婚这事对他造不成太大伤害，比以后他大了懂事了我们再离婚要强。这事儿我以后会跟遥遥解释的，你不用管。再说，我们离婚对遥遥并不是全无好处，起码他上学的事儿解决了。"

李栋梁白着一张脸，说："你跟遥遥解释？你将来怎么跟遥遥解释？你说孩子不懂，现在你突然搬出来，孩子看不到爸爸了，他会怎么想？"

"我跟他说爸爸长期出差。"我说。

李栋梁更气了："你这是欺骗。董鹤，你为什么这么迫不及待想要离婚，你心里是不是有别人了？"

我摇摇头，"请不要怀疑我的人品，我跟你离婚，完全是因为我们之间有了问题，跟别人没有关系。到目前为止，我没有爱上别的男人。李栋梁，我承认，这件事我做得有点不地道，我骗了你，可是这个结果却对我们两个人都有好处。结束了这段关系，我们都能有新的开始，我们都有机会寻找适合自己的另一半，这难道不好吗？"

"什么新的开始，怎么就没法过了？有问题解决问题，非要离婚吗？在问题面前，离婚是逃避！"李栋梁实在气急了，说话也难听起来，"你说我们在一起不合拍，说白了其实是你这几年升职加薪，眼睛就长到头顶上去了，看不上我了。"

"你怎么说都可以，我现在没必要跟你计较了。我跟你的观念不一样，婚姻有了问题，你也许可以将就，你擅长忽略问题，你凡事不追求质量，可是我做不到，我不想在一个没有质量的婚姻中度过后半辈子。"我说。

李栋梁气笑了，他笑了一会儿，静下来，半天没说话，后来他说："你实在不想跟我过了，我也拦不住，可是遥遥得跟着我，我要把他接回去。平时遥遥都是我接送的，饭也都是我给他做，他离不开我，我也离不开他。"

我冷静地说："对不起，这事儿我没法答应你，离婚协议上写得很清楚，房子归你，孩子归我。你要是想孩子，可以周末来看他，但是平时最好不要来打扰他，因为我要帮他尽快适应新的生活状态。你放心，遥遥在生活上会得到很好的照顾，我会说服我爸妈，让他们帮忙带遥遥的。"

李栋梁说："不，我要遥遥，如果你不让我带他，那我就去法院起诉。"

我知道他会反应很强烈，他对遥遥难以割舍。可是从我们两个的财力和发展来看，遥遥还是跟着我更合适。而且，纵然我和李栋梁一拍两散，我做的也不是太绝情，我把房子拱手留给他，这算是仁至义尽了。离婚这事儿，他没吃太大亏。这样做我也心安理得一些。我对他说："我知道你爱孩子，就是因为爱孩子，所以你不能去起诉，因为起诉会让我们对簿公堂，会让幼小的孩子站在法庭上选择跟爸爸还是跟妈妈，这对遥遥才是一种伤害，我不想让遥遥受到这种伤害。我知道，你一定也不想。我们就按协议来吧，你放心，我不会在遥遥面前说你半句不好；我们离了婚，你还是遥遥的爸爸，这是不可改变的事实。"

李栋梁颓然垂下头去，我的话戳中了他的软肋。虽然我们的婚姻问题很大，但是我还是得承认他是个好父亲，他非常爱遥遥，他比我更不想让遥遥受到伤害。

"董鹤，你为什么要这么绝情。当年我们说好了，要在一起过一辈子的。"他颓然说道。

在一起一辈子，这话我说过吗？可能说过吧，我已经忘记了。这一刻，看到他绝望的样子，我有点心酸，毕竟我们做了八年的夫妻，要说一丁点儿感情都没有那也是骗人的。可是这个婚姻像一个瘤子，割掉的时候会痛，一旦割了，病就好了，一切就会好起来。为了更好的生活，我们都得忍受这点痛。

我对他说："谁结婚的时候不是奔着一辈子去的，可是后来怎么样，谁能说得准呢。我们两个大到人生观，小到生活细节，哪哪儿都不搭，在一起除了互相折磨还有什么；遥遥从我们的婚姻里又能学到什么。这样的婚早离早解脱。是，我今天做了这个坏人，可是或许十年以后，你会感激我的决定。"

李栋梁丢给我两个字，"屁话！"他虽然毛病多，但是从不骂人，今天，他气到了极限。

4

有好几个月，我一直遭受着各种谴责，这些谴责来自公婆，来自亲朋好友，甚至我的父母。我不明白，我离个婚，他们跟着瞎激动什么；我离婚，给他们带来什么损害了吗？他们都摆出主持正义的样子，规劝我，规劝无果就谴责我。他们都觉得我错了，觉得我作，可是我只是想离开原来婚姻的束缚，过更好的生活。

我忍受着，我知道他们的激动劲儿不会持续太久；时间长了，大家遇到新的事情，就会淡忘这件事。

我爸妈对我离婚的事情反应很大，尤其是我妈，她说我疯了，说我嫌日子太好，在那边作死。他们千方百计劝我复婚，可是我坚决不同意，我让他们明白这事儿一点余地都没有。我妈气急了，简直想跟我断绝母女关系。可是她和我爸终究狠不下心来不管遥遥，我忙于工作的时候，他们还是尽心尽力帮我照顾遥遥。

熬过最初的几个月之后，果然轻松了一些；大家看我的目光，逐渐不再带着恶狠狠的谴责，毕竟这是我自己的事情，他们都是局外人。

我的生活似乎应该有秩序了，可是依然有些焦头烂额。混乱的原因不是因为工作，主要还是来自家庭。虽然父母在带孩子方面帮了我很大的忙，可是毕竟我才是遥遥的妈妈，我不打算把教育孩子的责任推给父母，只要有时间，我会坚持给孩子做饭，晚上也推掉所有应酬，在家陪孩子。

可是遥遥变得有些不听话了。

首先，以前我没有发现他吃东西这么挑剔，鸡蛋蒸老了，碰都不愿意碰；虾仁剥好了放他碗里，他说和爸爸做的味道不一样。不就是煮个虾吗，味道能有什么差别？

其次，以前我没有发现他对李栋梁的依恋那么深，他不停地问我爸爸出差去哪儿了，为什么除了周末都在出差，反复说他想爸爸。尤其到了晚上，他总是嚷着想听爸爸讲故事。我说用点读机听吧，他说跟爸爸讲得不一样。他夜里如果口渴了，或者想尿尿，第一反应也是喊爸爸。这种现象让我反思，我以前忙于工作，对遥遥的陪伴太少了，李栋梁对家庭的付出的确比我多。

因为吃饭吃不好，情绪有点差，病就找上门来了，遥遥感冒不断；最严重的一次，发烧 39 度，差点烧成肺炎。在遥遥高烧不退的夜里，我忽然感到无比心慌，无比脆弱，我甚至有给李栋梁打电话的冲动；以前遥遥生病的时候，他在我身边，我似乎没有这么慌乱。可是我忍住了冲动。我抱着滚烫的遥遥下楼，自己开车带他去医院。

我不能让之前的努力功亏一篑，无论遇到什么困难，我想，我都得自己想办法解决。

我离婚的事，公司的同事都不知道，除了一个人，就是老田。

某天我们部门的人为了庆祝一个大生意做成，在外面聚餐。这饭局实在不好推掉，我就让我妈晚上带遥遥，去跟同事们庆祝了。那天我喝了不少，老田送我回家，在路上，我脑子一热，跟他说了我离婚的事。我当然没说前因后果，只说我离婚了。

老田没有显得很吃惊，也没有像我的亲朋好友那样露出谴责的目光，他只是问我："那你这段时间肯定遇到不少难处吧？"这句话说得真贴心，差点让我掉下眼泪。为了掩饰自己的情绪，我问老田："如果是你，我是说假如，你的婚姻不是你想要的，它让人绝望，它毫无质量，你会选择离婚吗？"

老田说："可能不会。我没有你那么勇敢，在国内，离婚的成本太高了。"他又补充了一句："我说的这个成本，不仅是指金钱方面。"

说得很对，但是我说："这是因为你的婚姻仍然在你能忍受的范围之内。"

老田笑了笑，没说话。我敏感地感受到他的笑容有些牵强。或许是我想多了，难道离了婚，我成了个恶毒的女人，总是盼着精英男人婚姻不幸福，那样自己的选择就又多了。

我下车的时候，老田说："董鹤，照顾好自己。"真是一如既往的贴心。

那天孩子住在我妈那边，我一个人在出租房里，睡得很沉。我做了好长的梦。梦里我遇到了一个男人，我爱上了他，我跟他结婚了，婚礼很热闹，所有的人都祝福我，我觉得很幸福；可是新郎转过脸来，我吓了一跳，他居然是李栋梁。

我醒了，出了一身汗，觉得有点口渴，顺口说："李栋梁，给我倒杯水。"半天没有听到动静，我才反应过来，我离婚了，现在一个人在这间屋子里，身边没有别人。

5

我们部门需要两个人去三亚谈一笔生意，老田安排我跟他同去。我很乐意去，这段时间我精神上绷得太紧了，需要好好放松一下。谈生意虽然不是轻松的事，但是有老田在，我不用操太多心。再说三亚环境好，是个适合放松的地方。

一路上老田对我很照顾，我觉得他真是一个高素质的男人，谈生意有头脑，做事情有策略，对女人有风度。

我们的整个行程安排得张弛有度，生意谈得也很顺利。老田是那种工作的时候比谁都认真，但是一旦工作结束了，也很懂得休闲的人。我们住的地方就在海边，晚上只要客户没有约，我们就在沙滩上喝点东西，散散步，呼吸清新的空气。这种感觉真好。在环境这么好的地方，吹着海风，跟自己倾慕的男人聊聊天，可真是一种享受。

我和老田在这短短的几天时间距离一下子拉近了。最后一晚在海滩上散步的时候，他甚至牵了我的手。他的掌心清清凉凉的，让我很舒服，同时我有点激动，胸膛里飞速跳动的似乎换成了当初那颗少女心。

老田说："董鹤，你真是个各方面都很优秀又善解人意的女人，很让人心动。"夜色中，他看我的目光很温柔，很暧昧。我的心跳更不正常了。他平时很有分寸的，今晚大约是因为喝了点酒，才会这样。

我们两个站定，对望，有一瞬间，我想依偎到他怀里去，我想我已经是个离婚的女人，怕什么呢？可是我没有，我知道老田有老婆，有两个孩子。我是有底线的，我不能跟已婚男人玩火。更重要的，是我们在同一个公司工作，是上下级，办公室恋情有多危险我是清楚的。到时候被公司知道了，老田这样的公司骨干是不会有问题，我大概就要打包走人了。

想到这里，我把目光收回来，手也轻轻从他手里抽出来，往前走了。老田没有跟上来。他是个聪明的男人，暗示了没有结果，他会适时收手。我心里有股淡淡的怅惘，为自己的理智。

回公司之后老田对我的态度恢复如常，好像什么事情都没有发生一样；当然，本来也是什么事情都没有发生。我也对他态度如常。

我没打算发展办公室恋情，公司里的男人，都在我的考虑之外，但是我的确在考虑再婚的问题。我离婚为什么，不是因为我热爱单身，而是因为我想找到跟我匹配的男人一起生活。

爱情储存彼此的激情，给婚姻着色，
而婚姻往往让爱情褪色，让热情逐渐消耗。

接下来，在尽量多陪孩子的前提下，我抽出一些时间参加各种聚会、派对。当然，这些聚会是我精挑细选过的，是那种有精英男出入的场合，这样，我才有机会结识一些优秀的男人。

参加这种聚会一段时间后，我发现很难认识理想的男人。这些所谓的精英男人，品貌气质能达到老田那个标准的真不多；就算是有那么几个品貌俱佳年龄跟我相当的，又都有家有口的。我是有原则的，不能去破坏别人的家庭，同时给自己找麻烦。

我发现现在事业有成、能力超群、年龄在三十五到四十五之间的男人，不结婚的真是太少了，我就只遇到过一个，那人对我还有点好感。我都想尝试着和他交往了，可是却发现他根本没有结婚的想法，他只是想跟我玩玩，他知道我拖家带口的，跟我结婚会有一大堆麻烦事，他可不想找这个麻烦。可我这个年纪的女人，跟人玩不起，所以我当机立断，跟他拜拜了。

我发现三十五岁的我，比二十几岁那会儿理智多了。那会儿我多么容易冲动，甚至都能冲动得跟李栋梁结婚；可是现在呢，在寻找新的人生伴侣的时候，我理智得过分，我精明地给自己卡着尺度，一点不会犯糊涂。

我积极努力给自己寻找人生伴侣的时候，我爸妈没有放弃让我复婚的希望。他们明里暗里跟李栋梁来往。我爸生日那天，我忙完公司的案子回家吃晚饭，发现李栋梁也在，他正扎着围裙，把最后一道汤放到餐桌上。

李栋梁擅长做饭，这点我是承认的，遥遥就喜欢吃他做的饭，我爸妈也喜欢吃他做的菜；其实，我也喜欢。

大家围着餐桌吃饭，似乎只有我一个人有点尴尬。遥遥吃得很欢，我爸妈也跟李栋梁聊得很融洽，似乎他还是他们的女婿。李栋梁呢，一口一个爸妈叫着，搞得真像我们没有离婚一样。

我觉得他在装，他恨我，这是一定的，但是他能够委曲求全，平常一周才看一次孩子，没有找我的碴儿，我觉得这都是因为遥遥，他在伺机把遥遥要回去。或者他想复婚，当然也是为了遥遥。

吃完饭，我有点累，满桌子的碗筷又是李栋梁收拾的，我妈看着厨房里忙碌的李栋梁说："栋梁这样的好男人，你说离就离了，你现在后悔了吗？你还能找到这样任劳任怨的吗？"

我说："后悔什么，我一点都不后悔。要找个任劳任怨的还不容易，找个钟点工就行。钟点工干家务比他还专业，我能跟钟点工结婚吗？"

我妈差点一巴掌抽过来，说："我看你脑子烧坏了，满嘴的歪理，我可跟你说，昨天我碰上李栋梁他姑，你知道我们以前是同事，关系很好的，她说现在大家知道李栋梁离婚了，都在积极给他介绍对象，有好几个姑娘上赶着呢，他们医院的一个护士，追他就很紧。"

　　我"哼"了一声："谁愿意追谁追，追到手里也是后悔。"

　　我妈正想骂我，遥遥跑过来了，我妈就闭了嘴。

　　很晚了，李栋梁准备回去，遥遥不让，非闹着跟爸爸睡。李栋梁被他闹得眼眶都红了，可是还得狠心地下楼。我也带着遥遥顺便下楼准备回出租屋。

　　我妈住的是三楼，刚走到二楼半，遥遥忽然喊着"我要找爸爸"，快步去追李栋梁了，我怕他摔着，急忙在后面追。今天我穿了细高跟的鞋子，走快了有点不利落，刚走没几步，一个没走稳，脚下踏空了。我滚下了楼梯，整个人重重倒在地上，一阵剧痛传来，我就什么都不知道了。

6

　　我以为快要死了，浑身哪哪儿都疼。我挣扎着睁开眼，看到一片白，后来是一张模糊的脸，虽然模糊我也知道是李栋梁。我说："李栋梁，我还活着吗？"

李栋梁没搭理我，他跟站在他旁边的大夫说："她醒了，这样有些检查就可以做了。"

我被人推着做了一圈检查，最后被诊断为肩部软组织挫伤，断了一条肋骨，右腿骨折。我听说摔坏这么多地方，吓坏了，我忍着痛问李栋梁："我以后会不会残疾？"

李栋梁没搭理我，他在跟大夫研究治疗方案。

我住院了，医生说，没有一个月很难下地。我只能躺在医院的床上接受爸妈和李栋梁的照顾。其实躺几天没关系，我主要是担心留下什么后遗症。

我妈说："你呀，平时觉得自己能得不行，受点伤马上就尿了。有没有后遗症谁说得准，你要是瘸了，我看谁还娶你。"

天啊，这是我亲妈吗？说话这么恶毒！

我先跟公司请了一个月的假，这期间老田带着几个同事来看我，被我拒之门外了，因为我除了那几个地方受伤，脸也磕到了，嘴巴肿得厉害，我照镜子的时候发现像一张猪嘴，我可不想让同事看到我这副样子，尤其不想让老田看到。

有天李栋梁来给我送饭，我问他："我的嘴是不是很吓人，我这样子丑到爆吧？"

他眼皮都没抬，波澜不惊地说："你什么样子我没见过，这有什么吓人的。"

是呀，做了八年夫妻，我什么样子他没见过，那些狼狈的时候，那些邋遢的时候，外人看不到，他却尽收眼底。我想起我生遥遥的时候大出血，差点死掉，我当时做完手术躺在床上，身上插满管子，浑身浮肿，样子很恐怖。李栋梁没日没夜伺候我，我起不来不能吃东西，他用吸管给我喂水，用棉签帮我擦嘴唇。我说我是不是丑得要死，他说不是的，一个做了母亲的女人是最美的。那会儿他嘴还真甜。

想到这些，我不知怎么有点想哭。

李栋梁把我的床摇起来，给我盛了一碗粥，用小勺喂我。我不想接受他的照顾，不想再欠他人情，可是我肩膀受伤累及胳膊，自己吃不了饭。

平时我觉得自己挺了不起的，是个叱咤风云、八面玲珑的女人，什么事都搞得定，可是躺在病床上的时候，我才发现我什么都不是，我就是个柔弱的需要照顾的女人。我平时瞧不起李栋梁，可是在大事面前，他似乎比我冷静得多。

李栋梁给我喂完粥，又去把我的内衣洗了，我们离婚快一年了，他似乎还没有转变好角色，没把我当外人。

病房里安安静静的，我处于似睡非睡的状态，想起了一些往事。

我二十五岁那年的某天，和渣男友分了手，那晚我喝了很多酒，骑着一辆小电动车在路上狂奔，结果栽倒在路牙石上，摔昏了。有好心人把我送到附近的一家医院，把我放在急诊室门口，怕被赖上，就走掉了。好心的值班医生把我推进去，冒着担责任的危险帮我治疗。好在我那次没有受太重的伤，只是头破了，身上多处软组织受伤，但是骨头没事。

那晚的值班医生就是李栋梁，那会儿他头没秃，也没有小肚腩，是个温和的暖男。他很耐心地帮我包扎伤口，在我妈赶到医院之前给我垫付医药费。我很感激他。我那回在医院住了四五天，跟他熟了起来，发现他对谁都挺好的。他比我大两岁，那会儿还是个年轻医生，工作中很虔诚很认真，他工作起来的样子在我眼里很帅，我不知道怎么就有点喜欢他了。

那年我妈为我失恋的事儿发愁，我出院不久她就忙着给我介绍对象，她跟李栋梁的姑姑是同事，两人介绍我和李栋梁相亲，我们见了面才发现认识，我们相视一笑，那会儿他的笑容在我眼里那么暖那么帅。

我想起来了，我是喜欢过他的，要不然我也不会在两年后头脑发热跟他结婚。

李栋梁洗完衣服回到病房，看我闭着眼睛，以为我睡着了，轻轻帮我盖好被子。我有瞬间的心软，我在想我是不是负了他，我之前的行为是不是太王八蛋了，我是不是不应该跟他离婚。可是我还很明白地记着我离婚的初衷，我不能回头。

7

我的伤好一点之后被转到李栋梁他们医院。李栋梁工作的这家医院虽然是个小医院，但是以治疗骨伤见长，比较对症。这次是我爸妈竭力劝我转过来的，他们说他们还要照顾遥遥，李栋梁也要上班，我转到这家医院，他照顾我比较方便。

我知道我爸妈其实还是想给我和李栋梁制造机会，我跟他们说："你们别费心了，我是不会跟李栋梁复合的。"

我妈指着我的脑门儿说："你这个死丫头，真是个没良心的，你最丑最难最不像样的时候，只有李栋梁不嫌弃你，三十五岁的人了，还分不出好赖，看不清自己的心。"

她说我分不清好赖我勉强能接受，可是说我看不清自己的心，这我可不承认，我的心，我自己能看不清楚吗？

好在李栋梁没借着这个机会提复婚的事情，也没急着要回遥遥。

李栋梁他们医院的人不知是真不知道我和李栋梁离婚了，还是假装不知道我们离婚的事，依然把我当作他老婆，一帮小护士都喊我嫂子，对我格外照顾。

只有一个姓姜的护士不喊我嫂子，她喊我董姐，而且她在李栋梁面前大眼睛忽闪忽闪地放电，说话声音柔得像一阵阵小香风，我想，这应该就是我妈说的那个追李栋梁的小姑娘。

这姑娘也就二十六七岁，长得还不错，身材也挺好，不知道她看上李栋梁什么了。我真想跟她说，姑娘，千万别追李栋梁，追上了日后会后悔的。这不是因为我忌妒，而是我觉得他们真的不合适。不过我什么都没说，我不想让李栋梁误会我还惦记他。

某天李栋梁来检查我身上的伤，小姜站在旁边，她听李栋梁说让我褪下上衣袖子，要看我肩膀，竟然有点着急，她说："我来吧，我帮你检查，这样比较方便。"一个护士帮医生检查，她能查出什么来？

李栋梁没听她的，细心帮我检查肩膀，按一下问我疼不疼，小姜脸上出现明显的不高兴。

我心里想，我身上哪儿李栋梁没见过，看看肩膀怕什么，再说了，别说是前妻，就算是不熟悉的人，医生给病人检查一下不是很正常嘛。这姑娘，醋劲儿这么大，看来是真喜欢李栋梁呀。

李栋梁离开病房之后，小姜还在帮我换药，我随口问她："小姜，你觉得李大夫怎么样？"

小姑娘也不遮掩，对我说："李大夫人特别好。"她说到李栋梁时那语气跟神情就像我说到老田时一样。

我心里想，这年头小姑娘看人还有把人品放在第一位的，也算是不容易，我说："可是光人好有什么用呢？"

小姑娘显然不同意我的说法，她说："人好很重要呀。再说，李大夫不光人好，医术也不错，对病人态度特别好，他是真心为了病人的那种大夫。上次他在门诊室值班，有个老太太头疼来看病，说疼得厉害，要求做 CT 检查，李大夫一看其实就是小感冒，就没给她做 CT，只给她开了两块钱的药，让她回家多喝水。老太太开始还不信，觉得花两块钱能治好病吗。结果回家吃了药，没几天就好了，她特地跑回医院感谢李大夫，说李大夫真是个好医生。我们副院长听说了这事儿，对李大夫说，两块钱给人治好病是挺好的，可是长此以往，咱们医

162

院的效益可就受影响了。李大夫只是笑了笑，那一瞬间，我觉得他是真男人。"

小姜说的这话我信，李栋梁这人心眼儿挺好，也比较淡泊，金钱名利啥的不太看重，他不会像有些医生，让病人多做很多无谓的检查，或者给病人开贵药、猛药。可是现今这个社会，光有一颗好心有什么用呢？他医术倒是越来越高，可是不擅长人际交往，不会表现自己，不知道给自己寻找机会，至今还窝在这个小医院，做一个普通医生，仕途上没有任何发展。小姑娘现在崇拜他，等到跟他结了婚，两个人成了利益共同体，他给家庭带不来利益，她就该抱怨他了。

小姜给我换完了药，忽然说道："董姐，我知道你们离婚了，李大夫虽然没说过，可是有段时间我看他很痛苦，吃饭没胃口，也不笑，不怎么说话，我就打听了一下，原来是你们离了婚。董姐，我喜欢李大夫，我想追他。"

她看着我，目光里是真诚和执着。

我没想到她这么直白，先是愣了一下，后来对她说："嗯，对，我们离婚了，他现在单身，谁追他，他追谁，跟我没有关系。"

小姑娘收拾一下药盒子里的东西，对我笑一笑："那就好。"

她走出病房，我还呆坐着，心里说不清是什么滋味。

　　我有意无意从别的护士那里了解了一些小姜姑娘的情况，知道她从小经历蛮坎坷的，我也就有些明白她为什么喜欢李栋梁了，经历坎坷的姑娘容易喜欢上踏实稳重的男人，李栋梁给人的感觉应该算是温暖踏实的。

　　某天李栋梁炖了鸡汤给我带到病房的时候，我一边喝一边说："你也是快四十的人了，再找一个人的话，也别找太小的，未必能过到一块儿去。"

　　李栋梁也盛了一碗鸡汤，正在喝，听到这话头都没抬，也没接话，用一种"我不知道你在说什么"的态度回应我。

　　我又说："小姜是挺不错的一个姑娘，你别迷惑人家。"

　　李栋梁咽下一口鸡汤："我迷惑人家？你脑子是不是应该做个 CT ？"

　　说话还真是毒，我低头嘟曩了一句："对人家没有意思，就说明白嘛，别瞎耽误人家工夫。"我怕李栋梁误会，又说："我不是故意管你的事，我是觉得，二十几岁的人给遥遥当后妈，小了点。"

　　李栋梁"哼"了一声："这是我的事，不烦劳你操心。"

　　我被噎了一下，赶紧喝了一口鸡汤。

8

我休息了一个多月，身体还没有完全恢复好，就急着上班了。公司竞争很激烈，我可不想因为身体原因被人抢了位置。再说，养病这段时间，我几乎没做任何运动，又被伺候得很好，天天补充各种营养，人胖了一圈，我得赶紧恢复正常生活节奏，不然，真要变成一个臃肿的妇人了。

我回到公司，意外地发现李珠回来上班了。我摔伤之前正在做着的几个案子已经被移交到她手上。听公司的人私下议论，说她回家造人没成功，现在离婚了，回来上班之后就像打了鸡血一样，干劲特别足。不过，作为多年面和心不和的竞争对手，我能够看出，她脸上有化了几层妆都掩盖不了的憔悴。

我觉得她回来这事儿有点蹊跷，她走的时候毅然决然，根本是不想回来的样子，没给自己留什么台阶，我们公司在本市是响当当的大公司，离职的员工岂是想回来就能回来的？

老田的助理在公司算是跟我私交还不错的，她跟我说，李珠这次回来，老田帮了很大的忙，在公司高层那里说了她不少好话。

原来是这样，老田在公司算是举足轻重的人物，他的意见，公司会考虑的。我也理解老田为什么要游说公司高层让李珠回来，因为我和李珠一直是他的左膀右臂，我受伤了，不能上班，他手底下总得有个得力的人帮忙。

我很礼貌地跟李珠打了招呼，李珠也对我嘘寒问暖一番。她手中的几个案子有两个按照老田的授意，又重新交回到我手上，但是是两个相对而言无足轻重的案子，最紧要的还在她手上。从这里，我看出老田似乎更器重李珠。

我有些失落，也感到一丝危机感，我准备拼命工作，把业绩做上去，总之不能让李珠比下去。可是我的身体却不争气了，当初肩膀只是软组织挫伤，骨头没事，但不晓得怎么回事，留下了后遗症，总是痛，阴天尤其厉害。受伤的那条腿也不舒服，太高的鞋子穿不了，有一天疼得厉害，我穿了双平跟皮鞋，就有人笑我："董姐，你是不是准备生二胎呀？"

我笑着打哈哈，心里却想：生个啥二胎，我都离婚了，跟谁生去？

最可笑的是我妈，她居然特地找人给我做了一条棉裤，虽然是丝绵，虽然不那么臃肿，可我好歹是公司女白领好吧，穿棉裤上班，会笑死人的。我不穿，我妈就一直嘟囔："你腿受过伤，得注意保暖，好看难看现在已经不重要了，重要的是不能留下后遗症。这棉裤外面套上一条裤子，不显胖的。"

我坚决不穿，留下后遗症就留下吧，也比我现在丑死强。

我依然穿着裙子，忍着腿疼去上班，我拼命工作的同时，感觉到我们部门的空气变得有些暧昧，这暧昧是两个人散发出来的，这两个人，就是老田和李珠。我敏感地嗅到，老田和李珠有点什么，虽然他们都是善于掩饰的人，可是我太了解他们了，他们之间一丁点儿的暧昧也逃不过我的眼睛。

　　听说老田的大儿子前不久去澳大利亚读书了，老婆带着小女儿跟过去陪读，他现在一个人在这边。嗯，对，这时候的他又自由，又寂寞，正适合发展点婚外情什么的。

　　某个周末我带着遥遥去看牙医，路过一个偏僻的咖啡馆，无意中发现老田的车停在外面，透过玻璃墙，我看到老田和李珠坐在里面喝咖啡，他说着什么，然后伸出手去，握住了李珠的手。

　　我想，我的猜测原来没有错，他们俩，真的有点什么。

　　不过，我什么都没有说，我不是那种八卦的人，捕风捉影的事，说出来对我又有什么好处呢？我只是想，李珠挺聪明的一个人，怎么忽然犯起糊涂来了，办公室恋情是能轻易碰的吗？难不成她指望老田离婚，跟她在一起，这不是天方夜谭吗？

　　不过这种暧昧能带给她一些实惠，老田明里暗里给她一些机会，她的业绩渐渐超过我，气势上压了我一头。

我决定隐忍，养精蓄锐，蓄势待发，可是终究没有忍住。
我和李珠因为争夺一个最容易出业绩的案子，从开始暗中较劲
发展到明面上你争我夺，后来矛盾激化，吵了起来。

我们俩吵得很凶，各自说了很多难听的话，声音一个比一
个高，我的脸越来越红，李珠的情绪越来越激动，周围人从一
开始的假装看不见，到都站起来围观，有人上来劝，但劝不
住，我们依然在吵，吵得特别激烈。后来，忽然李珠那边没了
声音，她"咚"地一下倒在了地上，昏了过去。

我一下子懵了，吵个架，怎么就吵得对方昏过去了？

有人拨打了120，直到李珠被抬到救护车上，我还在发懵。

9

我晕晕乎乎回了我爸妈家，进门发现李栋梁也在。

这次我摔伤，李栋梁帮了很多忙，我爸妈挺感激他，他到
这边更频繁了。我上班后又一直在拼业绩，忙得不可开交，遥
遥大多数时候都在爸妈这边，李栋梁经常过来陪遥遥，甚至偶
尔接遥遥去他那边过夜，我也只能对此睁一只眼闭一只眼了。

我进门有气无力，瘫在沙发上一动也不想动，李栋梁说要带着遥遥去他那边，我也没力气阻拦了。

李栋梁带着遥遥走了，我妈问我："这是怎么了？怎么跟霜打了的茄子似的？"

我歪在沙发上，半晌没说话，过了好久才问我妈："你说，如果我辞职的话，生活会受到影响吗？"

我妈有点担心："怎么，在公司遇到难事了？"

我没回答她。我妈从我的表情里猜出了大概，她说："你现在生活已经够糟糕了，如果辞职，换个轻松点的工作，没准儿生活还能好点儿。"她停了停，又说："你太要强，这点随我。我也是到了一把年纪，才知道要强并没有什么好处。我后悔当初总是教育你要优秀，要出人头地。我现在想，我干吗让自己的孩子那么优秀，我又不想让她成为社会精英，我只希望你是个平常的女人，有个健健康康的身体，过踏踏实实的日子，有个安安稳稳的人生。这就够了。"

我妈很少说这样的话，我有点不习惯，她好像也有点不习惯，说完就站起身来："我去给你盛碗排骨汤，李栋梁做的，他说是脊骨，喝了补钙，对你身体恢复有好处。"

第二天我回公司，发现事情并没有想象中那么糟糕，同事们都在忙自己的工作，似乎昨天什么事都没发生，老田把我叫

只有将自己逼到绝处，
才能看清自己的心和想要的幸福。

去他办公室，也只是安排了一项工作，李珠的事情，他一句都没有提。

不过李珠在医院待了一周，还没有出院。我犹豫了好久，还是决定去看看她，虽然去了有可能碰钉子，可是不去我心里会一直不安。

李珠并没有将我拒之门外，我在病房里看到了脸色苍白的她。没有化妆品的遮掩，她看上去憔悴不堪，比工作日老五六岁的样子。

"你来看我笑话吗？"她苦笑着说，但是腔调里没有杀伤力。

我低着头说了句"对不起"。

"其实你没必要过分自责，"李珠说，"我晕倒不光是因为吵架，还因为……我怀孕了。"

我抬起头，惊讶地看着她。

她脸上继续保持着自嘲的笑："很可笑是不是？该怀孕的时候怎么也怀不上，不该怀孕的时候倒是怀上了。"

我和李珠差不多同时进入我们工作的这家公司，我们年龄差不多，都是要强的女人，工作上都有拼命三郎的劲头。我们明争暗斗很多年，都拼来了高职高薪，可是家庭都有诸多不如意。李珠比我结婚晚，刚结婚那两年因为拼业绩，不想要孩子，后来三十多岁了，想要孩子却又怀不上了。李珠老公家是那种特别传统的家庭，一家人都为了传宗接代对李珠施加压力。李珠着急了，到处看医生、调身体，可是没有效果。后来，因为压力太大，她甚至辞职回家专门造人，可是在家待了半年，肚子一点动静都没有。

李珠对我说："我好歹也算是职场精英吧，比那些家庭妇女强多了，可是因为生不出孩子，就像有了短处一样。我不信邪，我想我凭什么生不出孩子，我回家专心调理身体，放松心情，我就不信生不出。可是我真的生不出，我用了各种办法，都用上偏方了，甚至尝试试管，可是一点用都没有。我老公一家就是普通工薪阶层，却因为这事儿歧视我、嫌弃我。我后来受不了，我又不是生育工具，凭什么他们对我指手画脚，所以我离了婚。离婚之后，我想在工作中证明自己，可是就在这个时候，我怀孕了。"

李珠之前从来没有对我说过这么多私房话，更没有这样推心置腹过。我想，也许她跟我一样，在最困难的时刻，忽然发现自己没有朋友，没有可以倾诉的人，可是又太想倾诉了，所以对对手也要倒出苦水。

"这孩子是老田的？"我说。

李珠没有打算隐瞒，她说："你早就看出来了是吧？可是你在公司什么都没说。你这一点我是服气的，你再怎么跟我斗，都不会用阴招。我离婚之后，虽然拼命工作，可还是很空虚，总觉得一颗心无处安放，老田这段时间也很孤单，于是……"她停了停，又说："我没采取什么措施，我觉得反正也不会怀孕，可是没想到，我中奖了，这真的很可笑是不是？"

她这样推心置腹跟我说了这件事，我忽然间替她担心起来，我说："你打算怎么办？就在这家医院做流产手术吗？我有个熟人在这里，可以让她帮你安排最好的医生。"

她却说："不，我在保胎。我想要这个孩子，这也许是我唯——次做妈妈的机会。"

"可是……"我在想，就算李珠是个强大的女人，可是单身母亲带孩子，还是很困难的，又不能指望老田会跟她一起养这个孩子。李珠生病住院一周了，老田一次都没来看她。我知道他大概也是为了避嫌，可总是很让人心凉的。

"我知道很难，可是我想要这个孩子。"李珠说。

我望着她憔悴的脸，说："不知道有没有什么能帮到你？"这是共事这么多年，我对她说过的最贴心的话，而且发自肺腑。

李珠说："这种事，没人帮得上忙。谢谢。"

我说："你放心，你怀孕的事，我不会告诉任何人。"

李珠笑了笑："就这么大个城市，有什么事是能瞒得住的，我没打算瞒谁，公司我也不打算回去了。"

我临走的时候，抱了抱李珠，这是相识六年，我们之间最亲密的举动。

10

我拿着无房证明，带着遥遥去爸妈家所在社区附近的重点小学报名，报名现场人潮涌动，队伍一直排到校门外。我们排了两个小时，终于报上了名，我松了一口气，但是心里并没有想象中的喜悦。孩子的这次报名机会是我用离婚换来的，虽然当初我是那么盼望离婚，可是离婚之后，期望中的理想伴侣和高质量生活并没有出现，反而时常觉得，一颗心飘飘悠悠无处安放。

报完名我本想带遥遥去买些文具，可是路上接到老田的电话，说让我赶紧准备一下，两小时后跟他一起去南方出趟差。

我只能把孩子放在爸妈家，抓紧时间收拾行李，好在遥遥没有因为我要离开而不开心，他说爸爸答应给他买礼物，跟他吃大餐，庆祝他即将成为小学生。我和李栋梁分开一年多了，遥遥对他的感情没有任何疏远。

我收拾完东西赶到机场，老田已经到了，他冲我招手，带着微笑，可是不知怎么回事，他在我眼中已经不像过去那样玉树临风了。

候机的时候，老田说这单生意原本没谈成，可是忽然峰回路转，出趟急差也值得。他说如果这次谈得顺利，我们俩在公司的业绩榜上又能添上一笔。他还暗示我，他马上要升职了，而他目前职位的人选，他向上面推荐了我。当然，他只是暗示，没有说得那么肯定，这是他一贯的行事方式，不是十拿九稳的事，不会说得那么明确。

听到这样的暗示，我并没有很兴奋，最近很长一段时间，我都在思考成功的意义到底是什么，而什么又是真正的成功。

我们上了飞机，一路都在研究那笔生意，聊着聊着，忽然感到一阵颠簸，紧接着周围发出一阵喧哗声，空姐急忙让大家坐好，飞机遇上了强气流。

我起初并没有紧张，飞机遇到强气流是常事，也许过一会儿就好了。可是没想到颠簸越来越厉害，后来简直是忽上忽下的，如同坐过山车一样。大家都紧张起来，周围一片寂静。

颠簸一直在持续，感觉越来越强烈，终于有人惊呼起来，空姐的安抚渐渐无济于事。后来状况还在升级，前面有个孩子哭起来，旁边一个老人吃了速效救心丸。

我也有点紧张了，心想出这么多次差都很安全，这次难道要遇到事故吗？

我闭上眼睛，感受着强烈的颠簸，我的身体仿佛在抖动，心里生起了恐惧。

不能出事呀，遥遥还没正式上小学，我还要看着他上中学，上大学，结婚生子，如果现在走了，我怎么放心他？爸妈就我一个女儿，我要是没了，又让他们情何以堪？还有李栋梁，我不能丢下他一个人。我眼前出现了李栋梁的脸，他还是很年轻的样子，他说，董鹤，我们要在一起，过一辈子。我说，好。对，我想起来了，我说过要跟他在一起一辈子，我当初真的是那么想的。

我正慌乱的时候，旁边有人握住了我的手，手心里全是汗。那是老田的手，他说："董鹤你有药吗？我心脏不舒服。"

我睁开眼看他，才看到他脸色煞白，脑门儿上全是汗。原来他心脏不好，我一直不知道。可是我哪里有治心脏病的药。

就在我着急想求援的时候，飞机渐渐平稳下来，大家都慢慢松了一口气。过了一会儿，老田的脸色渐渐恢复了。

下了飞机，去宾馆的车上，我看老田已经完全恢复如常，就问他:"刚才在飞机上,最危险的时候,你心里想的是什么?"

他说:"我只想到我老婆和我的两个孩子,很奇怪,关于工作呀财产呀,我完全没有想。"

这点和我一样,在最危险的时刻,我们想到的都是家人,其他的,真的都是身外之物。

老田想到他的家人,这没什么奇怪的,可是我很想问问他,他难道一点都没有想起李珠吗?前几天我遇到李珠,她挺着五个月的孕肚,素面朝天地走在街上,她说辞职后跟老田再无联系。可是那孩子,明明是老田的呀。

而我,也有些奇怪,我为什么会想到李栋梁呢?我和他都离婚一年多了,我是死是活,似乎跟他是没有关系的。而那一刻,我清晰地感到,我舍不得他。

难道我像我妈说的那样,一直看不清自己的心吗?

11

在南方这个生意谈得不是太顺利,中间费了一些周折,比预期的返程时间晚了两天。

我回到家已是晚上九点,先回我妈那边想看看遥遥,可是遥遥不在,李栋梁把他接过去了。

我给李栋梁打电话，他说遥遥还没睡，不过躺下了，他刚刚给遥遥讲故事。

我说："我过去一趟，好几天没看到遥遥，实在想他了。"

这是我搬走后第一次回这所房子，进门发现里面的摆设完全没变，沙发上还铺着我去年买的沙发巾，电视机柜上还放着我最喜欢的摆件，洗手间甚至还有我搬走时没带的化妆品。家里不那么整齐，却也没有那么脏乱，李栋梁收拾得还行。

不知道为什么，在这个房子里，我忽然感受到这一年多都没有感受到的踏实，一种暖融融的让人想躺下睡一觉的踏实。

遥遥本来已经困了，可是见到我又精神了，嚷着要睡在爸爸妈妈中间。于是，我跟李栋梁躺在他的两边，李栋梁继续给他讲故事，讲着讲着，遥遥睡着了，而我，也睡着了。

早上醒来，遥遥在我身边咯咯笑，卧室外飘来米粥的香味，李栋梁已经把饭做好了。

我走到客厅，又四处扫了几眼，没有发现别的女人来过的痕迹，那个小姜姑娘，大概没有追到李栋梁，后来死心了吧。

遥遥吃了几口饭，去一边玩儿了，李栋梁对我说："搬回来住吧。当初说的就是假离婚，现在遥遥入学手续都办好了，该复婚了。"他这样说，好像忘记了我离婚的真正目的。

而我，竟然说："可是有可能教育局会查的。"

"那就查吧，实在不行我们换房子，但是一家人不能再分开了。"李栋梁说。

过了一会儿，我说："你不恨我吗？"

"生过你的气。"他说，"可是我后来想了，这不是你一个人的错，是我们在一起太久了，没注意生活已经布满灰尘，你太忙，我太懒，都不肯擦一擦，才会走到这一步。我想，以后我尽量勤快点，经常擦擦灰，我们还能一起过。"

"为了遥遥吗？"我说。

他说："也为了自己。当初，我们都承诺过要在一起一辈子的，怎么能中途毁约？"

我望着他，有一瞬间想掉泪，他却没看我，站起身来收拾碗筷了。

我在路上遇到李珠，她的肚子又大了。她跟我说，她现在没有上班，全心全意在家养胎，好在还有点积蓄，生活不会太窘迫。她想等孩子一岁再去找工作。她胖了，看上去富态好多，神态平静安详。

我知道她要一个人带这个孩子，现在和未来，都会很难。可是她说："留下这个孩子，是我的选择，我愿意吃该吃的苦，有了他，我有很大压力，可是也觉得生活特别有奔头了。"

我跟李珠说，我要跟李栋梁重新在一起了，虽然我知道他名字叫李栋梁，但今生不会成为栋梁之材，一直会是一个普通人。

李珠说："什么才是栋梁之材呢？一个男人，有责任感，顾家，踏实，能给别人带来温暖，其实也是一种成功。其实我们都是普通人，只是我们之前夸大了自己的成功，有一点小小的业绩就以职场精英自居，认为自己很了不起，一颗心飘了起来，不知道要飘到哪儿去。董鹤，我们得安放好这颗心，才能看清自己想要什么样的生活。"

老田升职了，但是我没有坐到他的位置上去，公司空降了一位，接替了老田。

我有些失落，但并没有很伤心。我知道，如果坐到老田那个位置，薪资待遇和在公司的地位都会有提升，可是我会更忙，忙得顾不上家，顾不上带遥遥。而我想，家和工作应该平衡一下，以后，我不能把家务和带孩子的工作都交给李栋梁，自己在旁边指手画脚，还总是不满意。

新领导比老田年轻，很有干劲，跟我们几个管理层的人滔滔不绝说了很多。

我从会议室出来，发现已过了下班时间，而且外面下起了雨。今天我没有开车。不过我不担心，因为我知道有人会来接我。

　　我走出公司大楼，就看到有人撑着伞，站在路对面冲我招手。伞下的这个人微胖，有小肚腩，有点谢顶，但是脸色温和。看着这个人，我的一颗心，瞬间平静而温暖。

　　李栋梁开着车，我坐在副驾驶的位置，我们一路讨论着晚上吃什么。

　　我知道，我要和这个平凡的男人。重新开始柴米油盐的生活，可能以后我们还会吵架，还会有一地鸡毛。我还会有些挑剔，而他也做不到天天洗袜子。不过没关系，我已经知道，这就是生活本来的面貌，而这样的生活，其实挺养人的。我也是转了一大圈，才发现，我乐意过这样的生活。●●

愿你永远
也不会与美好决裂

_亚比煞
Aimee

When
We Meet

行走世间，没有谁可以将日子过得如行云流水。

但我们始终要记得，

所有的过程和结果，都需要自己承担。

1

每年的感恩节，很多人例行在朋友圈里刷起了各种感谢妈妈的话。感恩妈妈为自己奉献，牺牲了自己的青春什么的，这也许没错，可是也许母亲需要的不只是一句轻飘飘的感谢，她们更希望被理解。

我想起我的母亲。多年来我对她的感觉，从幼时的害怕，到青春期的怨怼，再到今天，我大约终于可以说，我抵达了对她对理解。不愿用"感恩"这个已经被用到麻木的词语来表达，我更想说：妈，我能理解你了。

我妈从小就是个娇纵任性的女孩子，典型的公主病。当然也是因为她有这样的资本。年轻时她长得漂亮，是个标准的白富美。我外公的父亲，也就是我太外公，家世不说显赫，起码也是相当殷实，在百年前就有一座家族世传的老字号银楼，他也是中国最早的一批留学生。再后来，到了我外公的时代，他们甩掉了资本家的帽子，成了无产阶级，而我外公仍然是一所拥有上万人的兵工厂的厂长。

我妈就在这样的环境里出生。她是家里唯一的女孩，非常受宠，在那个物质贫乏的年代，她就有穿不完的新衣服，会拉手风琴，甚至还拥有一部自己的照相机，到现在家里还保留着一大盒她年轻时到处游玩的黑白照片。

当年跟在我妈身后的追求者，几乎都是那个厂或者其他子弟厂的干部子弟。在那个时代，很多女孩子还是乖乖地听父母的话找个对象的，但我妈从小不缺物质，也没人管得住她。她压根儿看不上那些门当户对的老一套，她大概早就已经暗暗地下定了决心，要找一个自己真正喜欢的人才肯嫁。

就是在这个时候我爸出现了。我爸是一穷二白的穷小子，但他非常聪明，上进心强，而且酷爱读书。他经历了可怕的20世纪60年代的灾荒，饿得皮包骨头，也没挡住他对读书的热爱。从小学到初中，他一直是班上成绩最好的学生，兼任了语文数学两门课的课代表。

但是"文革"来了，不得已他早早地就停止念书，初二那年，我爸这个十几岁的少年就被扔到农村去种田。他在农村种了好几年的地，白白荒废了最好的读书时光。关于那几年，他告诉我，除了白天的繁重农活以外，每天晚上回到屋里，他最经常做的事，就是给中央写信，给各位领导写信，给父母写信，不停地写信告诉他们：我要读书我要上学。但是可想而知，这些信都没有得到回应。

于是在几年之后的一个秋天，我外公的兵工厂派人到我爸所在的农村去招工。就这样我爸成了那家兵工厂的一个普通的工人。

那座兵工厂位于大别山的深处，在我上大学之前的那个暑假，我爸特地请了几天的假，带我去了一次他年轻时工作的地方。那里已经成了一片废墟，大片荒废空置的厂房深陷在翠绿的山谷中，四面的崇山峻岭让整座厂子与世隔绝。

从农村出来，又走进了山沟，我爸大概已经恨透了这种

人生很多时候需要自觉地放手，
经年之后才会明白没有什么过不去。

与世隔绝的日子。他特别想去城市，可惜那个时代，他没有机会。

就在这时，我妈注意到了他。年轻时我爸英俊，壮实，聪明。更重要的是，他有一种孤傲的气质，他从不追女孩，也不爱和女人说废话。到了周末，他就喜欢背个小包，一个人跑到深山老林里，蹲在悬崖边上，抽烟，看书，一待就是一整天。他篮球打得超棒，每次打球的时候都能引来一群女工围观。

他又是厂里技术领先的工人，很多连工程师都解决不了的问题，他研究研究都能给出解决方案。因为在农村生活过，他还有很多特殊的技能。比如他会打猎枪，射击非常准。在我爸妈结婚之后，有一次他带着我小舅舅去山里打猎。一天不到的时间，他就拎回一整麻袋的山鸡野兔，左邻右舍分遍了都没有吃完。除此以外，他歌唱得好，很会吹口琴，会写诗，甚至连打架都很厉害。

当然，这不是说我爸就优秀到无与伦比。一个上万人的厂子里，其实优秀的小伙子很多，但我爸大概是唯一一个从不搭理我妈的。在他眼里，我妈可能就是一个没内涵的女人，虚荣肤浅。厂里每次组织技能考试什么的，我妈基本都交白卷，每天就知道吃吃吃玩玩玩，仗着家里的关系，在厂里占据着一个轻松的岗位，和他根本就不是一个世界的人。但可能正是他的这种态度，反而激起了我妈的好胜欲。要知道，我妈从小就是一个说一不二的女孩子，哪里受得了这种忽视？所以，她开始了对我爸的疯狂倒追。

我外公一家都十分反对。我爸比我妈大九岁，但是从来不让着她，性格孤僻，清高，家里超穷，没任何关系背景，而且他居然还对我妈是如此不屑一顾。但我妈当年就是铁了心要把我爸追到手。

这段纠缠直到一年后有了结果。当时厂里有了几个名额，可以和合肥市的一家机械厂互换员工，就意味着困在这座大山里的工人，有几个人可以得到这个机会，回到城市里去工作。这样的机会我爸当然不想放过，但他不是一个善于搞人际关系的人，没有任何的门路可以托。他唯一能够想到的就是我妈，还有我的外公厂长。

就这样我爸松了口，答应我妈如果把他调到合肥来工作，他就跟我妈在一起。于是我爸先调回了合肥。一年以后，我妈也从山里调出来，他们就在合肥结婚了。

3

他们的第一个孩子夭折了，是快出生的时候，被羊水呛死的，死在肚子里，然后再引产，据说过程非常痛苦。后来我妈总说，那是个很漂亮的小女孩，比我漂亮 100 倍。那次引产之后，她陷入了严重的产后抑郁，和我爸本来就没有多好的关系更是急速恶化。那一年，她二十二岁。

她开始发现，我爸大概真的没有爱过她。于是，她从婚前的痴迷，变成了怨恨，开始没完没了地数落，数落他的冷漠，数落他的忽视，数落他的贫穷，工资低，地位低，没本事。她没有一天不找点理由来吵架，有一点不顺心就要大吼大叫，摔东西。

到我出生的时候，他们吵架已经变成了家常便饭，隔三岔五就动手，从我有记忆开始，家里的摔摔打打就从来没有消停过。记得我刚上一年级的时候，有次中午放学回家吃饭，一开门就是一个痰盂迎面扔过来，扔了我一身的秽物。那个下午我没去上学，第二天被老师骂的时候，我也没有解释一句到底为什么旷课。

后来我爸经常被派到全国各地去出差，聚少离多，家里才安静了下来。但是我妈又迷上了跳舞，一到晚上，她就蹬上高跟鞋，穿上最好看的裙子，把烫了大卷的头发梳得风情万种，赶着去厂工会跳交谊舞。于是晚饭过后，小小的我只能一个人独自待在家里看电视，偏偏每天晚上电视又在播《聊斋》。对，就是非常恐怖的那部老《聊斋》，导致我到现在都还有挥之不去的幽闭恐惧症，不敢独自在封闭的房间里待着，也不敢一个人在空房间里关灯睡觉。

被吓到受不了，我就穿着睡衣和拖鞋，走一段长长的夜路去工会找她。她让我坐在墙边的凳子上等她，看着她像蝴蝶一样满场飞，看着看着就躺在凳子上睡着了，到了凌晨，舞会结束，她就把我喊起来一起回家。

也许是由于长期的不开心，也不懂得节制地生活，她渐渐开始疾病缠身。心脏病，严重到每个月几乎都要发作一次，毫无征兆地就会昏迷突然倒地；风湿病，严重到不能起床，几近瘫痪。每天我放学回家，都要去拿一支艾草棒点燃了，给她治生病的腿。那时候，她反反复复地问我两个问题：我如果离婚了，你跟谁？我如果死了，你怎么办？我完全不知如何回答。

到我三年级的时候，家里的情况更是急转直下。外公因为厂里的权力斗争，从厂长的位子上退下来，进入劳资科当了个小科长。他自然也保不住我爸妈。在之后那场席卷全国的国企下岗潮中，他们双双失去了工作，生活变得更加贫穷。

我也许会穷，会卑微，会失败，
　　但无论沦落到何种地步，
我也会毫不羞耻地做我自己。
　　　永远也不会与美好决裂。

偏偏在这个时候，外婆又得了绝症——乳腺癌。

外婆真是我见过的这个世界上最最溺爱儿女的妈妈，如果没有她的溺爱，我妈的任性大约也到不了这种无法无天的程度。记得外婆在乳腺癌后期，身体已经非常虚弱，但每次我们去看她，她都还要爬起来给我妈做她最爱吃的卤面条，还把我妈当个幼儿一样给她洗头发，甚至喂饭给她吃。

外婆平时是一个极其温柔驯良的老好人，但只要我跟我妈说话语气稍微重一些，她都会像炸了毛的母鸡一样护着我妈，甚至会打我。我妈真是她的命，就算到最后外婆只剩一口气，都会护她到底。

外婆去世的那天，我真正见识到了我妈的崩溃。那天下着雨，她哭倒在墓碑前，滚得满身泥水，无论如何也不肯起来。婚姻痛苦，疾病缠身，失业贫穷，前途一片黑暗，现在连最疼她的人也没了。生活泥沙俱下，一场接一场崩塌，一块又一块的巨石，已经足够把这个曾经像公主一样的女人拉入绝望的深渊。多年以后，我想起她当时的处境，也觉得心下一片黯然，那无助的哭声让我原谅了她对我所有的不好，想起她所承受的命运，就没办法再责怪她一句。

外婆死后，我妈就彻底变了个人。她不娇气了，也不爱打扮了，找不到工作，她什么都肯干。摆地摊，卖咸菜，甚至去别人家里当保姆。她开始变得粗俗，说话粗声大气，嗓门洪亮得惊人，还经常夹杂着不堪入耳的脏话。上厕所不关门，脱衣服不拉窗帘，大声地擤鼻涕吐痰。

在我敏感的高中时代，她嘲笑我看的小说，偷看我的日记，说我写的东西充满了矫情。有一次，我们搭公交车，在挤得满满的公交车上，她肆无忌惮地跟我谈起她的月经，我低声提醒了好几次，她毫不在乎地继续大声说下去。公交车停在某一站的时候，我不顾一切地在众人奇异的眼神中冲下车去。当公交车开走，我才发现我完全不知道身在何处，身上也没有一分钱。我硬是一步步走回了家，一直走到天黑。一路走，我一路想着如果有辆车现在就把我撞死在街上，是不是会更好。

4

后来，我离开家去外地上大学。大一那年，我读到米兰·昆德拉的《不能承受对生命之轻》，他这样写到特蕾莎的母亲：

她年轻时极美，有九个求婚者……她选择了一个错误的人，就是从那个要命的时刻起，拙劣的弥补引起了长途赛，开始了她失败的命运……她意识到自己已失落了一切，开始找寻罪恶的缘由……她公开跟人们谈论自己的性生活，得意扬扬地展示她的假牙。她的脸上增添了一种凶狠的表情，当着众人的面嘲笑特蕾莎："特蕾莎对人要撒尿、要放屁的想法都不甘心承认呢！那有什么可怕的？"并用一个响屁回答了她自己提出的问题，众人都哈哈大笑。

她的行为仅仅具有唯一的标示：抛弃青春和美丽。她曾为她的美丽和贞洁骄傲，但现在她不仅失去了贞操，而且已经猛烈地击碎了它，并张扬地用新的不贞为今昔生活划一条界线，宣称诗意、纯洁和美丽被人们过分的高估，其实它们毫无价值……她坚持让女儿留在她那无贞洁的世界之中，在那里，灵魂是看不见的，一文不值，世界不过是肉体的巨大集中营，人人都一样……她母亲傲慢、粗野、自毁自虐的举止，给她打下了不可磨灭的烙印。

特蕾莎对托马斯一见钟情，因为他的桌子上放着一本打开的书，昆德拉写道："她也爱读书，她只有一件武器与这个包围她的恶浊世界相对抗，就是读书，她把那本书看作是友谊默契的象征。"

大学时代的我，把这段话抄在了笔记本上。那一瞬间，我懂得了我母亲，懂得了她的恐惧，她与美好如此坚决地决裂，不过是因为求之不得。一生逐爱，一无所获。曾经渴望过浪漫与不凡，但最终用尽全力，也只是度过了平凡的一生。生活像一个残酷的狱卒对她严刑拷打，最后，她选择了背叛，她交出梦想，只求从此心安理得地生存下去。

于是那一瞬间，我也告诉自己，无论今后命运会给我怎样的试炼，将我剥夺到何种程度，我也绝不向它低头。我也许会穷，会卑微，会失败，但无论沦落到何种地步，人们如何嘲笑我，说我矫情，不切实际，我也会毫不羞耻地做我自己。谈论无用的诗歌与哲学，珍视灵魂与看不见的世界，我不会将厄运归罪于天真纯洁，归罪于艺术或其他美好之物，我会努力地去懂得、欣赏和保护他人的天真。

我愿自己，永远也不会与美好决裂。

因为，从现在起，我也是一个女儿的母亲了。

看 到 你 心 里 的

那 团 火

_曲玮玮

When
We Meet

一个真正的灵魂伴侣，
就是能看到你心里那团火的人。

　　我朋友小花最近谈恋爱了。起先两人每时每刻都要联系，恨不得通过手机拴住对方，但可惜的是两人始终没有从"乍见之欢"顺利过渡成"久处不厌"。久而久之她竟然觉得男朋友特别烦，原因是，对方每天要问无数遍："你在干吗？"

　　起先她把这当成特别正式的调情，每天思忖着如何回答男朋友千年不变的提问——你在干吗？

　　其实这是个相当有难度的问题，既要囊括自己当下的状态，又要让对方能顺势应答。

　　所以她要么精心 P 一张自拍，跟对方说"看我最近美不美。"要么绞尽脑汁地跟对方互动——我正在吃冰激凌呢，今天连续吃了三个感觉要胖死了，下次你就背不动我了。

......

再后来朋友每次回消息就成了敷衍。起先还会回应完整的句子，说我在吃饭，我在逛街，还会加一个俏皮的表情。

后来甚至直接简化成一个字：吃或逛。

小花不胜其烦地说，这哪里是在恋爱调情呢，这明明是在监视。

我把这个故事分享给另一个处在长期恋爱关系中的朋友小凡，她竟然说："你都不知道我有多羡慕这种嘘寒问暖，尽管男生表示关心的方式有点死板，但至少他是关心着她的。"

小凡说，很多情侣发展到后期，就成了传说中的"假性亲密关系"。不再渴望了解对方的生活，不再有认真的关切，不再有急切的分享，两个人看似拥抱在一起，却像两条冷漠的平行线。

就像五月天唱的那句歌词："你站在我左侧，却像隔着银河。"很多情侣开始自说自话，不再取悦对方，也失去了探索对方内心的动力。

爱情已经失去了陪伴的意义。

小凡说有时她跟男朋友聊天，对方要么漫不经心地打游戏

爱的世界里难免会有分歧，
只要你们的世界向彼此敞开，
就能看到对方心里的那团火。

玩手机，只是敷衍她一句。要么觉得她稚嫩无聊，甚至向她泼冷水说："能不能不要再跟我讲这些事情，你特别影响我工作，下次少说几句吧。"

久而久之两人的沉默越来越多。一切看似相安无事，但生活就像悄悄被戳破的气球，在悄无声息地泄漏。

相反，小花的男朋友愿意倾听她的一切，甚至是一些琐碎的鸡毛蒜皮的小事。

她打开瓶盖，上面竟然写着"再来一瓶"；她站在体重秤上发现轻了好几斤；她今天上班被老板表扬；她抢到了晚上的秒杀；就连她得到了自己爱豆小鲜肉的签名照，还是会跟他分享。

他会停下自己手头的事情，认真听她说话，认真回应她。

想到知乎上有个被广泛讨论的问题，叫"情侣之间有共同话题重要吗"。

很多情侣之间有天然的共同话题，两人在同一领域工作，又或许两人有相似的志趣和爱好，聊起天来滔滔不绝，这固然让人羡慕。

但如果两个人之间不存在工作与兴趣的交集，就不能当情侣了吗？

当然不是。

只要你愿意像谦卑的勘测者一样，去俯身探索对方的世界。

有太多方式可以向对方靠近。

社交网络上有她的一切。你可以去她的知乎，看她答过的问题，看她关注的领域关注的大神，是喜欢哲学还是喜欢天体物理。

去豆瓣看她热衷于逛什么小组，是"咆哮组"还是"装×指南小组"，她在豆瓣上记录过多少本书，为什么前段时间偏爱读言情，最近又偏爱读科幻呢？看她微博关注了哪些明星，看她朋友圈里的旅行照片，也去研究那里的风土人情。

如果你在乎她，愿意了解她，你就会成为她的"情报搜集专员"。

如果你想了解你的男朋友，也是一样的道理——他为什么最喜欢皇家马德里？为什么对乐高手办情有独钟，为什么要抱着 HHKB 键盘睡觉？

我认识一对情侣，之前两人的生活节奏有天壤之别。

两人相识也颇具戏剧性，女生在路边等车，男生觉得女生非常有气质，试探性地跟对方搭讪。

于是两个人如电光火石，一见钟情。

后来两人发现他们的兴趣点截然不同。

男生喜欢运动，足球、篮球、羽毛球、网球，喜欢看BBC纪录片，喜欢历史，喜欢车，这些兴趣都是直男的爱好。女生呢，像另一个极端，喜欢看二次元动漫，喜欢研究奢侈品，也喜欢看绘本。

一人在红楼，一人在西游。

但这并不妨碍他们之间愉快相处，因为他们对对方的世界有强烈的兴趣，她听他讲皇马球队，他听她讲奈良美智的画。

慢慢你会发现，所谓"聊得来"不再完全关乎兴趣与价值观的一致，而在于两人是否有一颗渴望了解对方的好奇心。

两个人完全可以迷恋迥然不同的东西。一个人喜欢读卡佛晦涩的小说，一个人喜欢读轻松的八卦，一人偏好各种电子产品，一个醉心于沉默的手作。

只要你们的世界向彼此敞开。

凡·高给弟弟写信时讲过一句话："每个人都是一团火，但路过的人只看到一团烟。"一个真正的灵魂伴侣，就是能看到你心里那团火的人。

当然，彼此了解之后，你可能还是不会热衷于对方的爱好。

这又何妨？理解并不意味着"同化"。

你们依然可以有自己的爱好，可以守在自己的城池中互不打扰，但至少他不再是个漠然的陌生人，你会邀请他来你的城池做客，向他展示你的珍宝。

一生那么长，很多畏惧沟通的人会担心，话题总有被说尽的那一天，两人总有榨干最后一点儿新鲜感，最后绝望地望着彼此腐朽的肉体的那天。

但你们都在动态地变化，你在吸纳新知，在吞吐纳新，他每天面对的都是崭新的你，每天会对你产生新的好奇。

尽管毛姆说过，今年的我们已与去年不同，我们的爱人亦是如此。如果变化中的我们依然爱着那个变化中的人，这可真是个令人欣喜的意外。

但真正的爱情，永远都是动态的，你渴望了解她（他）以往的情怀，也爱着她（他）的未来。

_韩松落

你马不停蹄的爱情，

只是一段段故事梗概

When
We Meet

慢慢爱，是大慈悲；
对别人，对自己，
都是慈悲，也是恩惠。

　　我在某社交软件上开着一个直播，主要讨论情感话题。常
有"连麦"嘉宾说，他们在感情中的最大遗憾，最希望改变
的，是每段感情都太短了，三个月、半年，至多一年两年，就
匆匆结束了；最常出现的数字，是半年，很少有人能撑过这个
期限。

　　他们遇到的最大不可抗力，是两个人在相处中，不能犯任
何错误，因为对方不会给你犯错的空间；只要稍有不妥，就分
手，决裂。反正有了社交软件，找到下一个人，根本不是难
题。网络时代，大家都习惯了这种短、平、快的小恋爱，习惯
了在半年时间内，走完整个爱情旅程。

　　这也没有什么错，因为所有人都是这样：你走得稍慢一
点，可能就被抛出轨道了。我有个朋友，正处于婚恋准备期，

常常要去相亲和见网友。每次见面，他都提前告诉我约会的时间，我则要在他们见面十五分钟后，打个电话给他；打通之后不用说话，只听他演独角戏。如果对方还不错，他就装作接到朋友聚会的请求，并表示自己来不了；如果对方没能入他法眼，他就装作是接到领导要求加班的命令，一惊一乍表示马上赶来，随后淡然脱身。终于有一次，他得到了报应，约会才五分钟，倒是对方先接到了电话，然后声称要加班，迅速离去，把目瞪口呆的他留在原地。

这时代，每个人都在设法抢先离开，而且是毫发无损地离开。

所以，"速度"成了我们这个时代感情的重要特征。一方面，时代的转速太快，整个世界给出的选择太多，让我们已经习惯了一种"游乐园速度"：马不停蹄地奔向下一个游乐点，而每个游乐项目，每个"购买点"，都得在短时间内攫取参与者的身心，得快，得迅速获得效果。

对待感情，也是如此。社交网络给出了无数感情的、性的机遇，我们马不停蹄奔向下一段爱情、下一段欲望，每一段感情和欲望，如果没能在五分钟内吸引我们的注意力，就得迅速切换到下一段。

一切都快、浅、有效，但求曾经拥有，以便奔向下一个目标，以便尽可能多地占有那些机遇。

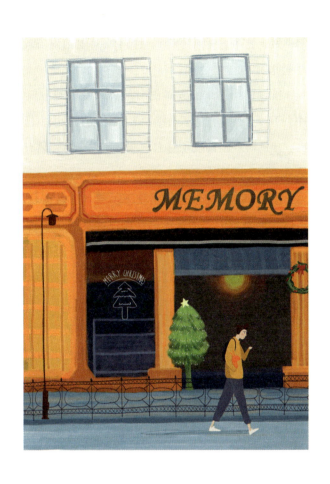

我们马不停蹄地奔向下一段感情、下一段欲望，
得到的只能是感情的梗概和苦涩。

另一方面，我们怀着一种惧怕，生怕对方比自己更快、更果断。

当我们给出十五分钟的时候，却发现对方只肯给出五分钟，下一次，我们也只肯给出五分钟或者更少。当我们愿意给出一年的时候，却发现对方只准备了六个月，只有暗暗加快自己从感情中脱身的速度。

在这种隐蔽的较量的驱使下，原本就变得快捷和廉价的感情，更是带上了加速度。速度已经变成了一种武器，只看谁抢先拿出来，就像特工们的拔枪比赛，谁晚谁吃亏。被这种隐忧照耀着，感情越来越像流沙，没有温度，没有湿度，也没有深度。

但我依然觉得遗憾，因为感情中的甜美之处，是要慢慢呈现的；是在长久的相处中，一点一点水落石出的。

如果一段感情是一本书，那半年的感情，不是完整的感情，只是感情的梗概，是内容提要，根本来不及展开任何细节。因为，人性的呈现，是长线的；情感潜能的激发，更是长线的。双方只有在感情进入稳定期，在情感中体会到安全感，知道对方不会轻易翻脸，不会轻易离去的情况下，才会以较为舒适的姿态，展示自己最美好的一面。两个人也会在这种展示中，激发情感方面的最高潜能。

在朋友们的故事里，在我的情感经历中，那些最美好的点点滴滴，都是在度过情感狂热期之后，才慢慢出现的。朋友A说，在她和男友相处的第三年夏天，他们去乡下度假。走在小路上，路边的篱笆里有李子树探出枝条来，枝条上果实累累。男友停下步子，伸手摘了几个李子，让她摊开手，把李子放在她手里。她说，他摘李子的身姿，还有让她摊开手的话语，在她心里都激起一种特别温馨的感觉。朋友小崔心目中的温馨瞬间，出现在他们相处两年后。有天早上，他要出门去坐飞机。她起床，披头散发地给他做了一碗面。她光着脚穿着睡衣做饭的样子，非常可爱。在朋友C和D相处到第四年的时候，C发现，在她"小火慢炖"的思想工作之下，D改变了看人的消极态度，他再也不说"别看她表面上是你的朋友，拆桥的事情没少干""她给你代购的这双鞋，肯定加了不少价"一类的话。"他在跟我认识第三年的时候，回家去看他爸妈了，以前他们都不说话的。"小肖这样说她男朋友的变化。她觉得，这和她常常带他回家，感受家的气氛分不开。她是功臣。

朋友美惠的客户，是一对来自南方的小夫妻，孩子都五岁了，但男的一方每天仍然接送老婆上下班。我的老师五十二岁的时候，仍然管他的妻子叫"玲玲"。"玲玲跟她的同学聚会去了。"听起来像在说自己的孩子。朋友E说，男朋友跑马拉松，她把自己的乳贴给他贴上了，结果半途就掉了，后来把他

爱，藏在所有的铺陈、所有的细节里，
经过时间酝酿，才会愈见甜美。

的乳头磨破了。"下次贴卫生巾试试。"朋友 G 和 H 在一起的第七年，终于攒够钱，也满足了购房资格，买了房子。

这都是小事，但所有这些，都需要时间。这些点点滴滴的欢愉，生活中的进展，对心灵的探索，都需要时间。半年是不够的。

就像种树，树的美，藏在成长的全部过程中，点点滴滴，一枝一芽；然后有一天，你突然看到绿叶在风中披散的姿态。就像一本小说，它的美，藏在所有的铺陈、所有的细节堆积里，一字一句，啰啰唆唆；直到读到结尾，突然发现，它给了你一段完整的、安静的时间。所以加拿大诗人洛娜·克罗泽写了一首叫《欢愉在于细小，在于沉默》的诗："欢愉在于细小，它只占据心灵一角；它形成于季节和风，是一棵青青的小草，是一朵无名的小花，让芬芳在微风中轻飘。"

是时候慢下来了，给自己多一点时间，也给别人多一点时间；而且要达成共识，所有人都从增加五分钟做起，慢慢爱，慢慢体会，努力发掘一段感情中的养分。不错过，不留遗憾。慢慢爱，是大慈悲；对别人，对自己，都是慈悲，也是恩惠。●

所 谓 在 乎 ，

就 是 想 让 你 多 休 息

_紫健

When
We Meet

如果有人愿意为了能让你多多休息而努力，

其实是愿意把他的时间分给你，

也把他的世界分一部分给你。

最早体会到"休息"一词的美好，是我去美国读研的第一个学期。

那时，一堂学院专业课要上三个小时，刚到陌生国度的我，连续听英语一小时尚且大脑有些缺氧，何况全神贯注听一下午，这让本来感觉良好的我感到压力倍增。教授是个留着长胡子的大叔，有点像《哈利·波特》里的海格，他经常在我们辩论得焦灼的时候，神色轻松地笑着来一句："Hey, take a break!"这句话是警铃，也是灵丹妙药，会让我们猛然想起自己桌上的咖啡和饼干，相视一笑，一起吃喝几口，然后继续投入讨论。

不知从何时开始，短暂休息比吃食物更有效，让我感受到体恤与理解。

这位酷似海格的教授也是我的导师，每周我都有固定的两个时间去他办公室讨论论文以及其他作业。我们通常约定早上9点，当我抱着大摞资料坐校车上山去他办公室时，他已为我泡好了一杯绿茶，每次都用不太流利的中文说："先喝茶，再开始。"其实，所谓的喝茶时间，一般不超过十分钟，却让我在异乡感受到了亲切与温暖。据说，这茶是一年前他的一位中国学生送给他的，他认为既然我也来自中国，一定会喜欢，便每次都在讨论开始时先给我一个"tea time"。

因为在乎，所以不想忽略你的休息。好好休息过后，才能帮助你更好的学习与成长。此般师恩，我一直铭记在心。

后来，我热爱所有的 break：pacing break, spring break, winter break——心无旁骛地过了一段时间后，学校好像总能给我们一个跳跃的小惊喜。事实就是如此，持续抗洪抢险似的忙碌后，一个间歇和停顿会让你瞬间又找回那个活泼的自己。这种休息很平常，却很珍贵。

我也开始学着让自己适当休息，比如每天一次半小时的午休，在图书馆写论文没灵感时的十分钟趴桌小睡，课间在长椅上的短暂闭目养神。这些看似静止的休息时间让我于悄然间事半功倍。何况，很多事情，其实并不用赶时间，也不能靠熬时间去做完。

两个人时有彼此，一个人时有自我。
如果有人愿意用他的忙碌换你多休息，
那都应该心怀感激。

学生时代结束后，我回国工作。后来结婚怀孕，我越发感到休息的重要性。而如果有人愿意为了能让你多多休息而努力，其实是愿意把他的时间分给你，也把他的世界分一部分给你。

再后来，我有了儿子小雪球。产后的月子以及哺乳期，睡整觉渐渐成了一种奢侈。

白天小雪球醒着的时候要陪他玩儿自然不能休息，还要用手机尽量记录下他的成长，给他洗澡按摩抚触，给他看黑白卡练视力，让他在我肩上练抬头。他不经意间微笑的时刻，他懵懂发呆的瞬间，让我困意全无精力充沛。而晚上他睡着的时候，我却不容易那么快入睡，往往看看手机或者刷刷喜欢的公众号，然后小睡一两个小时，又是新一轮的喂奶和哄睡，如此周而复始，让本来耐力很强的我也有了倦意。

不过，正是这样辛苦的时期，我感受到了来自家人的在乎。

妈妈有时白天要去上班，可每次下班回家后第一时间接过雪球，让我尽量去小区溜达一会儿或者出去买个奶茶。爸爸周末总会尽量多做家务，擦桌子、洗碗，忙得不亦乐乎，好让妈妈和我能不那么辛苦。家里吃饭的时候总是分批，不管做什么菜，他们总把第一口留给我，让我吃完后歇一会儿再去照顾孩子。

晚上夜醒喂奶的时候，老公总是在旁边陪我说话而不是倒头呼呼大睡，这让我觉得陪伴也是一种可贵的安全感。而只要不需要喂奶的时候，他都会主动带着雪球玩让我多休息一会儿，做点自己喜欢的事。那时我才知道，有了孩子后，一句"让我来，你先休息"是最美的情话。

是他们的关心与在乎让我的休息得到了"最大化"，也让"产后抑郁"只成了我的一句玩笑话。

我明白，很多时候，我是不想休息的。比如难得的一个雨后晴天，比如一个温暖的午后，我更喜欢外出，约三两好友，逛街聊天或者在大街小巷寻觅美食，虽然忙碌，但却充实惬意。可是，当你的休息时间即将透支的时候，在你内心极度渴望休息的时候，如果有人愿意用他的忙碌换你多休息，那都应该心怀感激。

在处理家庭和社会关系时，我认为应怀着这样的态度：不以牺牲自己为荣耀，两个人时有彼此，一个人时有自我。闲时懂得让对方多休息，忙时依然有自己的朋友圈与生活。更重要的是，学会对很多事情放手。

漫漫人生路，我们要努力为自己，也为在乎的人，变得更美好。

我 跟 你 的 故 事 ，

停 更 是 最 大 的 仁 慈

_倪一宁

When
We Meet

跟青春走散，

本身也可以是悲剧的一种。

朋友给我反复讲过一个男生，她初中时候的同学。她那时是相貌普通、性格孤僻的尖子生，可能也不是孤僻——爸妈为了省网费，也为了让她好好学习，家里电脑不能上网，她也不被允许看电视，参与不了女生之间的一切话题。

她们叽叽喳喳讨论周末去了哪个精品店买发饰，昨天电视剧演什么，少女时代和 wonder girls 到底哪个比较红，这些她都插不进嘴。她是只穿校服只擦大宝的乖女孩，上大学以前，她都不知道擦乳液跟爽肤水的顺序谁先谁后。

朋友回忆说，当时电脑课前有十分钟时间，是可以自由上网的，她就会急匆匆跑到机房，搜一遍同学们平时聊的那些关键词，想下次有话说。那十分钟，相当于是她在恶补青春。

可是没有用。大家跳转话题的速度远快于她的恶补速度。

况且，青春期，最能拉近女孩子之间距离的，是聊喜欢的男生，谁会跟中规中矩的第一名聊这些啊？

但其实朋友那时候也在暗恋。

她喜欢的是她后排一个狡黠有点儿小帅的男孩子，据说扣篮很准。印象里中学时代的午休都很漫长，男生为了打球就不吃饭，女生吃完饭路过操场，会三三两两地停下来看。朋友是一个人吃午饭的，也一个人走过操场，站在她们旁边，抱着手臂，孤零零地看一会儿。她看不出球技的好坏，也不好意思始终盯着他看，目光还会假装追随一下别人——朋友说，真好笑，其实压根儿没有人在乎我看什么，也不知道演给谁看。

唯一一次她能够正大光明看球，是年级里的友谊赛。他砍了很多分，确定稳赢之后就开始运球耍帅，班主任站在我朋友旁边，看得高兴，就随口说了句："小伙子是蛮帅的。"

朋友听见了这话，抬头，跟班主任相视一笑。

她说到这里的时候，很用力地晃了下我的手臂，她说这居然是自己这场暗恋里，唯一一次跟人提起他。是跟班——主任。

她跟那个男生说话次数不多。但有次，数学老师在前面讲题，男生戳她，让她回头，说："你给我讲一下这个题。"她扭

希望时间庇护我也庇护你，
那些回忆里的人，一个也不要熄灭。

头一看，说:"这不就是老师在讲的那道?"

男生说:"我不要听她讲，要听你讲。"

就这样的对话。朋友给我讲了至少有五遍。

有时候男生腿太长，伸到她腿旁边，她不缩回自己的腿，也不会像其他女生那样怒斥"往后退一点"，就是两个人的腿挨着。

没有人知道她喜欢他，她很小心地保守着这个秘密。校园里其实有另一种残酷。她心里很清楚，如果别人知道了，他们一定会取笑他和她，男生会幸灾乐祸地跟他讲，"那个学霸喜欢你哦"，也会对着她笑得一脸不怀好意，"好学生也谈恋爱啊"。

那一定不是善意的嘲笑。她知道。

所以她很平静地看别人对他和隔壁班的小美女起哄。

朋友说，有一次，两个班拔河，她那阵子刚好脚崴了，留在教室里，结果同学们上来的时候都兴高采烈的，兴奋的点显然不仅在于赢了。她从他们的对话里拼凑出的信息是，隔壁班小美女拔河时滑倒了，手肘擦破了皮，她后桌的男生陪她去医务室了。

她说她那一整天都心绪不宁的。晚上回家，她在日记本里写，也许这就是宿命吧，他们才是般配的一对。

她复述这句话的时候，我在旁边笑得前俯后仰。

朋友也笑，她说那时候啊，真觉得天要塌了。

她跟男生闹了好长一阵子的别扭。比如传作业的时候，只伸手，不回头，比如他再把腿伸得很长的时候，她就会用力踩一下。

但男生好像压根儿没意识到，她在跟他闹别扭。

就这么别别扭扭的，初三结束了。朋友因为父母的工作调动，搬了家，她没有参加过任何一次初中同学会，所以再也没有见过他。

后来她上很好的大学，留在上海工作，也有了谈婚论嫁的男朋友。今年因为想带男朋友见长辈，所以特意回了老家。结果玩微信的不小心点开了附近的人，刚想退出，就看到了消息提醒：

是当年的那个男生，他说"哈喽美女"。

朋友的手停住了。

过一会儿，他又发了一次申请过来，他说"交个朋友吧"。

他没有认出她来。她样子变了很多，根据外企习惯，微信名字也是英文名。

他跟她说："哈喽美女。交个朋友吧。"

朋友给我讲完这个事。我说,那——你没有通过他的申请吧?

她说没有。她怕看到他的朋友圈,更怕他开口说话。

她说,在初中的时候,他就是我唯一的朋友啊。

讲这个事情的时候,我正在看87版《红楼梦》中探春远嫁那一幕。弹幕里人们在为了探春究竟是不是十二钗里结局最好的一个而争吵。有人说好歹不用看贾府被抄,有人说那时候远嫁了就等于从此孤单一人。我想,其实悲剧未必是"命不好",跟青春走散,本身也可以是悲剧的一种。

这不是一个凤凰女发达后瞧不起从前的人事的故事,是我想起我另一个朋友跟我说过,她每次去寺庙里祈愿的时候,都会替喜欢过的人也求个平安顺遂。她说,他们从前对她来说是发着光的人,以后也不要熄灭。

希望时间庇护我也庇护你。那些想象过的,得到过的,等待过的,失去过的人,一个也不要熄灭。

朋友问我:"你知道我最想停留在哪个时候吗?"

我说:"您讲。"

她说:"我想停在,我没去的那场拔河赛现场。那时候他最出风头,陪着隔壁班小美女一起去医务室,成为校园绯闻的焦点。我想他一直停在那儿。"

"可惜不能。"

我觉得胸口很闷，岔开话题问她什么时候回上海，而电脑里缠缠绵绵地放着:

"从今分两地，各自保平安。"

时间，让很多问不出口的"你当时有一点点喜欢我吗"，变成了一句唱也唱不断的"奴去也，莫牵连"。●

_李月亮

要 是 来 日 方 长 ，

谢 谢 你 能 懂 我

When
We Meet

两个人相爱，

彼此珍惜才能爱得久。

而珍惜的前提，是懂得。

1

　　我记忆里，有个关于"美"的经典画面：有次跟美女同事L一起爬山，她一身运动装帆布鞋跑在前面，快到山顶时回头喊我，蹦跳着嬉笑着，活力四射，神采飞扬，那神韵，实在太太太动人。

　　当时我就想，要什么样的男孩才配得上她啊。

　　后来见了L男友，老实说我有点失望，不高，微胖，讲话油腔滑调，也不是很有礼貌。

　　关键人家还各种嫌弃她。

　　嫌她瘦，嫌她话多，嫌她走路快，嫌她笑声太大……那天一起吃饭，席间L讲了个笑话，大家都笑，只有她男友皱着眉，说你能不能低调点啊，整天满嘴跑火车。

L有点尴尬，笑笑，没说话。

那一刻我挺替L伤感的。明明是那么讨喜的姑娘，在恋人眼里，却一无是处。

他不懂她的好。

后来他们分手。L在微信签名里写：我比谁都认真，可惜没有讨好你的天分。我很努力地配合你，可我们实在没默契。

2

这句话，我感同身受。

当年我跟前任谈恋爱，也满脑子都是"讨好"二字。

他个子不高，我收起了所有高跟鞋。

他不喜欢女生化妆，我天天素颜。

他对艺术、文学没兴趣，我绝口不提。

我真的是很努力地配合，却几乎没得到过褒奖。

那时候我也写很多字，发表很多文章，有时杂志样刊来了，我拿给他看，他要么随手放一边，要么回一句"看不下去，不知道你要表达什么"，有时勉为其难看完了，也会说"这什么杂志啊，居然发你这种小烂文"……

爱一个人不难，懂一个人却很难。
如果你能懂我，余生便是晴天。

有一回我在电脑前写文章，他站在身后看了一会儿，忽然说："哟，不错啊。"

我心下一喜。他接着说："你还会盲打。"

呵呵。

当时跟另一个写文章的姑娘聊天，她说每次写了文章，她老公都要做第一读者，并给她至高无上的赞誉，他真心觉得自己老婆的文笔举世无双，还找了很多报刊编辑的联系方式，帮她投稿，别人如果不用，他还生气，觉得对方有眼无珠。

我听了这话，眼泪瞬间就下来了。

这份懂得，何其珍贵。

可惜我没有。

所以最后，前任终于成了前任。

3

说回 L。她后来嫁了一位精英海归。我见过他们一次，她老公的眼神一直跟着她，满是宠溺。她一个笑话还没讲完，他已经笑出声。她的话依然很多，但他说，跟她在一起从来都不闷。

他说娶了她，此生无憾。

她的好，他都懂，所以珍视。

两个人相爱，彼此珍惜才能爱得久。而珍惜的前提，是懂得。

你的美，你的笑，你的才华，你的味道，他要接收得到，才会视若珍宝。

否则，你纵是钻石美玉，在他眼里却不过乱石一堆，远没有别人手中那束塑料花顺眼。他 get 不到你的好，看不到你的价值，又怎么会欣赏，怎么愿呵护，怎么肯满足，怎么懂珍惜？

我文艺清新，而你只为大胸妹失魂。

我博学多才，而你更希望女人会做饭。

我开成一朵花，可惜你不是蜜蜂蝴蝶，你是麻雀，只喜欢谷粒。

那么我要怎么告诉你，我有多好？

一只麻雀，也许永远无法懂得一朵花的香，便也永远不会对那朵花痴迷。

你再好，他不懂，你的好就一文不值。

张小娴说，每个人也许都爱上过不爱自己的人，永远忘不了那时掉过的眼泪和受过的委屈。许多年后，回头再看，他又有哪一点配得上我？在人生的长途比赛中，我比他当时喜欢的任何一个人都要优秀许多，只是他不懂我的好。

有时人生就是这样无奈。我懂你的好，所以爱上你。可惜你不懂我，我再迎合再努力，我的光芒也照不进你眼里。

说到底，还是灵魂不够默契。

也只能承认爱错了人。与其委曲求全，不如及时转身。

也许我们之间，注定只会剩长长的叹息：你若能懂我的好，该多好。

可惜你不懂，那也不要紧，总有人懂。

艾小羊 复杂人生的解局人，品质生活的上瘾者，专治各种不高兴。代表作：《我不过无比正确的生活》。公众号：清唱（ID:qingchangaixiaoyang），微博：有个艾小羊。

杨熹文 野路子的奋进少女。大学毕业，她拿着用800元申请来的签证，一个人降落在遥远的新西兰，坚持属于自己的英雄主义。四年闯荡从一无所有到浑身是故事。现定居新西兰。出版《请尊重一个姑娘的努力》《人生没有白走的路，每一步都算数》。微信公众号：请尊重一个姑娘的努力。

周　冲 80后老女孩，江西省作协会员，自由写作者，是近年广受欢迎的美女作家。2015年离开体制，现定居于广州。一个人，一支笔，过一生。微信百万大号"周冲的影像声色"创始人。出版《你配得上更好的世界》。

李爱玲 情感作家、职场女性、"80后"妈妈，百万读者心中铿锵犀利的桃花姐。白天奔波在职场，夜里流连于文字，与万千女性一起在情爱中成长蜕变。

出版《你若不伤，爱就无恙》《你才是自己的过来人》。微信公众号：桃花马上石榴裙（ID: taohuama2015）。

李筱懿 新女性主义作家，自媒体矩阵"灵魂有香气的女子"创始人，以"成长比成功更重要"的理念，打造都市女性生活社群。

出版《灵魂有香气的女子》《美女都是狠角色》《先谋生，再谋爱》《在时光中盛开的女子》等。

祝小兔 "好好虚度时光"平台联合创始人。前《时尚芭莎》人物报道及专题总监，就读于中央圣马丁艺术策展专业，后到牛津进修当代艺术史。图书策划人、上海作协会员，已出版散文集《时光不老，我们不散》《万物皆有欢喜处》《过去现在，一并深爱》。

连　岳　当今中国最活跃的专栏作家之一。

　　　　出版《来去自由》《我是鸡汤》《我爱问连岳》。微信公众
　　　　号：连岳。

潘云贵　十点读书签约作者。青年作家，大学教师。首位 90 后冰心
　　　　奖大奖得主，新概念作文大赛冠军。一个性格温和如植物
　　　　的男生，又如海底一头孤独的鲸，常在旧时光中与从前的
　　　　自己碰面。对于未来，心存光亮，觉得时间会眷顾愚笨但
　　　　努力的人。被《中国诗歌》评为"90 后十佳诗人"，被媒体
　　　　誉为"90 后十大暖男作家"。已出版《如果你正年轻，且孤
　　　　独》《亲爱的，我们都将这样长大》等书。新浪微博：@ 潘
　　　　云贵。微信公众号：潘云贵。

老　丑　十点读书签约作者。85 后作家，摄影师，中科大学霸，知
　　　　名自媒体人。文章遍布各大社交媒体，被称为"朋友圈 10
　　　　万 +"作家。

他的文字温暖治愈，深刻透彻，不跟风，不盲从，一贯用他最擅长的方式讲述故事，鼓舞千万个日夜守候的读者。他是爱讲故事爱写诗的戏子，弹过吉他卖过唱的旅人。他是犹如你我一般被生活欺负过，又能成功逆袭走出人生困境的同龄人。

出版《你所羡慕的一切，都是有备而来》《我想和你好好在一起》等。

陶瓷兔子 十点读书签约作者，Linked-In 专栏作者，微博读书书评人，微信公众号：少女成长研习社，新浪微博：@陶瓷兔子爱丽丝。

王　珣 新女性情感作家，自媒体人，编剧，清华大学女子班及水木梨花女子学堂特邀讲师。以丰富的阅历和独有的精准，一把拉出深陷生活、情感幻境中的女人，让你找到年轻、温润、清醒的自己。

作者简介

已出版畅销书：《美人的底气》《你有多强大，就有多温柔》《一生不舍少女心》等。微信公众号：美人的底气（ID：beauties-4），新浪微博：@芙蓉树下。

鬼脚七 本名文德，法号行空。

曾在阿里巴巴工作九年，从基层员工做到高管。

出版《没事别随便思考人生》《人生所有经过的路，都是必经之路》。微信公众号：鬼脚七。已积累了百万忠实粉丝。

王东旭 十点读书签约作者。高大帅气的水瓶座理工暖男，自由撰稿人。热爱生活，并相信真实的生活需要相处，而非战胜。他的文笔朴实温厚，观察入微，如贫瘠土地上开出的花，自带光芒。

已出版畅销文集《我愿向着太阳生长》。

周文慧 十点读书签约作者。代表作品《我要你有什么用》《上大学有什么用》《食物是最温暖的治愈》《你的翅膀停在哪儿了》等。
微博:@周文慧，微信公众号：周文慧（ID：zhouwenhui728）。

向　暖　十点读书签约作者。写故事的人，致力于写平凡女性的小
悲欢、小幸运。已出版《好姑娘向暖而生》。微信公众号：
暖时光（ID：xiangnuansg）。

亚比煞　豆瓣作者。自幼酷爱读书，愿以书为火，行过世间幽暗。
Aimee　做过记者，当过编导，时常迁徙，在中国大多数的城市居
住过。也曾去以色列、巴基斯坦、印度、俄罗斯等地旅行，
希望在 40 岁前可以环游世界，看遍荒漠，星空与雪原。喜
欢听别人的故事，
豆瓣 ID: 亚比煞 Aimee，欢迎来找我聊天，告诉我你的故事。

曲玮玮　「ONE 一个」APP 作者，两届"新概念"冠军。做过射箭
教练、婚礼策划师、支教老师、记者，写过小说，当过编

剧，被称为"有故事的女同学"。因文字戳心、见解深刻，受到近百万年轻人的关注。

出版《今天以后，人生无数可能》。微信公众号：曲玮玮。

韩松落 70后，1997年开始散文及小说写作，在多家媒体开有电影、音乐、娱乐、文化评论专栏。曾担任《南方都市报》举办的"华语电影传媒大奖"评委，《看电影》及《香港电影》杂志举办的"华语优质电影大奖"评委，获《GQ》中文版2012年"年度人物之专栏作家"。

出版《为了报仇看电影》《我们的她们》等。

新浪微博：@韩松落，微信公众号：韩松落见好。

紫　健 十点读书签约作者，留美文科硕士。

出版《用热爱成就质感生活》。微信公众号：抹茶与晴天的生活意见。

倪一宁 94 年生人，上海交通大学中文系学生。新锐写作者，作品
见于多家文学杂志及「ONE 一个」APP 等新媒体。练过颜
体，学过钢琴，然学书不成学艺不成。高中耗费一年学象
棋，目前擅长的是麻将。和大多数人一样磕磕绊绊地长大，
妄图从回忆里搜集前行的力量。
出版《赐我理由再披甲上阵》。微信公众号：倪一宁。

李月亮 高人气自媒体人，畅销书作家。专业解决情感疑难杂症，
人生纷繁谜题。用温柔有力的笔触，探寻有品质有力量的
生存之道。灯一盏，汤一碗，陪你过难关。著有《愿你的
生活，既有软肋又有盔甲》《世间最美是心安》等。微信公
众号：李月亮。

图书在版编目（CIP）数据

世间一切，都是遇见 / 十点读书主编 . -- 北京：
北京联合出版公司 , 2017.5
ISBN 978-7-5596-0091-2

Ⅰ . ①世… Ⅱ . ①十… Ⅲ . ①中国文学 - 当代文学 -
作品综合集 Ⅳ . ① I217.1

中国版本图书馆 CIP 数据核字 (2017) 第 074216 号

世间一切，都是遇见

项目策划　紫图图书 ZITO®
监　　制　黄　利　万　夏
主　　编　十点读书
责任编辑　熊　娟
特约策划　林　少　玲　子　郭雅君
特约编辑　李媛媛　申蕾蕾　李　圆
内文插画　lost7　小夫　人青　禾亭呀　郁唯为
　　　　　银 Ain　小边牧　咖啡色　饼干 Bingan
　　　　　老八 tujian　阿翔 axu　望川　庄晓菁
　　　　　某天在绘　瓜里　阿钰　MT　顾小屿
　　　　　梅羽　YirAn 怡然　Aoi
装帧设计　紫图图书 ZITO®

北京联合出版公司出版
（北京市西城区德外大街 83 号楼 9 层　100088）
联城印刷（北京）有限公司印刷　新华书店经销
120 千字　880 毫米 ×1280 毫米　1/32　8 印张
2017 年 5 月第 1 版　2017 年 5 月第 1 次印刷
ISBN 978-7-5596-0091-2
定价：45.00 元